文春文庫

杜《と》若《じゃく》艶《あで》姿《すがた》

酔いどれ小籐次（十二）決定版

佐伯泰英

文藝春秋

目次

第一章　幼女誘拐《かどわか》し　9
第二章　眼首千両　72
第三章　国三の迷い　135
第四章　国三の失態　198
第五章　幕間狂言　261
巻末付録　ちょいと歌舞伎を観にいこう　328

主な登場人物

赤目《あかめ》小《こ》籐次《とうじ》　元豊後森藩江戸下屋敷の厩番。藩主の恥辱を雪ぐため藩を辞し、大名四家の大名行列を襲って御鑓先を奪い取る騒ぎを起こす（御鑓拝借）。来島水軍流の達人にして、無類の酒好き

赤目駿太郎　刺客・須藤平八郎に託され、小籐次の子となった幼児

おりょう　大身旗本水野監物家奥女中。小籐次の想い人

久留島《くるしま》通嘉《みちひろ》　豊後森藩藩主

高堂伍平　豊後森藩江戸下屋敷用人。小籐次の元上司

久慈屋昌右衛門　芝口橋北詰めに店を構える紙問屋の主

観右衛門　久慈屋の大番頭

おやえ　久慈屋のひとり娘

浩介　久慈屋の手代。おやえとの結婚が決まる

国三　久慈屋の小僧

秀次　南町奉行所の岡っ引き。難波橋の親分

新兵衛　久慈屋の家作である長屋の差配だったが惚けが進んでいる
お麻　新兵衛の娘。亭主は錺職人の桂三郎、娘はお夕
勝五郎　新兵衛長屋に暮らす、小籐次の隣人。読売屋の下請け版木職人。女房はおきみ
空蔵《そらぞう》　読売屋の書き方。通称「ほら蔵」
うづ　平井村から舟で深川蛤町裏河岸に通う野菜売り
梅五郎　駒形堂界隈の畳屋・備前屋の隠居。息子は神太郎
万作　深川黒江町の曲物師の親方。息子は太郎吉
美造《よしぞう》　深川蛤町の蕎麦屋・竹藪蕎麦の親方。息子は縞太郎
古田寿三郎　播磨赤穂藩家中。小籐次とは御鑓拝借騒動以来の因縁

杜若艶姿《とじゃくあですがた》

酔いどれ小籐次(十二)決定版

第一章　幼女誘拐《かどわか》し

一

駿太郎《しゅんたろう》がよちよちと歩き始めた。ために、赤目小籐次《あかめことうじ》は一時《いっとき》も駿太郎の動きから目が離せなかった。それでも子の成育は嬉《うれ》しいものだ。

駿太郎は長屋の狭い庭を歩き回り、木戸口で新兵衛が筵《むしろ》に座って日がな一日ぶつぶつと呟《つぶや》いているところに加わり、新兵衛と禅問答のような会話をしたりしていた。

小籐次はそんな様子を目を細めて眺めていた。

文政二年（一八一九）の晩夏のことだ。

駿太郎の相手の新兵衛は、久慈屋《くじや》の家作を任された差配だが、数年前から老人性のぼけが進行し、近頃では日に日に子供返りして駿太郎とはよい話し相手だった。

その二人の面倒を新兵衛の孫のお夕《ゆう》が見てくれるので、小籐次もひと安心だ。

江戸に久しぶりの夕立が降り、新兵衛長屋の裏庭に接した堀留の淀《よど》んだ水も塵《ちり》芥《あくた》が押し流されすっきりして、臭《にお》いも消えた翌朝、小籐次は小舟に商売道具を積んで、まだ眠っている駿太郎を抱えて小舟の籠《かご》に横たえた。さらに昨日、長屋で細工した竹竿《たけざお》二本と番傘《ばんがさ》を積み込んだ。

寝巻の裾《すそ》から駿太郎の足が籠の外ににょっきりと出て、寝巻にも籠にも体が収まりきれない。

「酔いどれの旦那《だんな》、駿太郎ちゃんを連れて仕事かえ」

厠《かわや》から古びた浴衣《ゆかた》を着た勝五郎が姿を見せて問いかけ、大きな欠伸《あくび》をした。

長屋の庭の端、堀留に大きく枝を差し伸べた夾竹桃《きょうちくとう》が紅色の花を咲かせて、水面《みなも》に映っていた。

「うづどのや得意先に、駿太郎はどうしたと問われるでな、連れて参る。それにお夕ちゃんも新兵衛どのの世話で手いっぱい、駿太郎を始終頼むわけにもいくまい」

「駿太郎ちゃんの世話くらい長屋の連中が面倒を見るからなんとでもなるが、新兵衛さんは大変だぜ。形《なり》は大人だが、頭ん中はまるで子供だ。ときに駿太郎ちゃんが賢くみえるぜ」

勝五郎が投げやりに言った。

「新兵衛どのの様子は天のなすところ、われら人間には分らぬ話じゃな。きっとなんぞ曰《いわ》くがあるのであろう」

「曰くだって、そんなことがあるとも思えねえや。おりゃさ、死ぬ朝までぴんぴんしていてよ、夕べにはころっと逝きたいね」

「そう都合よくいかぬところが、この世の面白いところよ」

勝五郎が舫《もや》い綱を解いて小舟に投げ込んだ。

「近頃、版木を削る音が聞こえぬな」

「世はこともなしかねえ、さっぱり仕事がこねえや。これじゃあ、釜《かま》の蓋《ふた》が開かないぜ。酔いどれ様よ、深川近辺でなんぞ一つ大きな騒ぎを見つけてきてくれねえか」

「勝五郎どの、そなたの生計《たつき》のために騒ぎが起こってもかなわぬな。じゃが、釜の蓋が開かぬのも困ったたな」

「ああ、困った」

と応じた当人がふああっと生欠伸をすると、

「二度寝だ」

と長屋に戻っていった。

その背を見送りながら小籐次は石垣に手を突いて小舟を堀留に押し出し、櫓《ろ》に替えた。

今日も一日、江戸に青空が広がりそうな気配だった。

すでに陽《ひ》が水面を照らし付け、小籐次は堀留から御堀に出ると、影から影を伝って小舟を進めた。

小舟の舳先《へさき》に立てた風車がからからと音を立てて回り、小籐次の櫓に調子を合わせてくれた。

汐留橋《しおどめばし》を潜《くぐ》ると、仕事に向う荷足り船《にたりぶね》や猪牙舟《ちょきぶね》が先を急ぐように築地川へと進んでいく。小籐次は急ぐふうもなく、小さな体を大きく使って櫓を漕《こ》ぎ、悠然と進めた。

江戸の内海に出ると海風がわずかに吹いていた。だが、櫓捌《さば》きに難儀するほどの風ではない。岸辺伝いに鉄砲洲《てっぽうず》と佃島《つくだじま》の間の水路に差しかかると、一番船か、佃の渡しが大勢の人を乗せて佃島に向っていた。

職人ふうの男ばかりのところを見ると、佃島で大きな普請《ふしん》でも行われているのか。

小舟は大川河口に差しかかり、荷足り船の波をかぶった。それでも駿太郎が目を覚ます気配はない。

「その肝っ玉なれば、わが家伝来の来島《くるしま》水軍流の業前《わざまえ》を継承できようぞ」

と小籐次は駿太郎に話しかけたが、二人の間に血のつながりなどない。

駿太郎は、金に困って小籐次を殺す仕事を請け負った須藤平八郎《すどうへいはちろう》の子だ。

小籐次が須藤を返り討ちにしたため、乳飲み子の駿太郎が小籐次の手もとに残されたのである。

「そなたの足腰がもそっとしっかり致さば、竿の使い方、櫓捌きをこの爺《じい》様が教えてやるでな」

と独り言を言いかけると、河口付近を流れる複雑な潮流を巧みに乗り切り、越中島と深川相川町の間に口を開けた堀に小舟を入れて、ほっと安堵《あんど》した。

南から東側に、つまりは海側に埋立地が広がっていた。水路は風もなく穏やかだった。

水路から水路をさらに伝い、小籐次は小舟を深川蛤町《はまぐりちょう》の裏河岸《うらがし》の石垣下から突き出した板一枚の船着場に寄せようとした。すると、すでにうづの野菜舟が舫われていて、曲物職人《わげもの》の太郎吉がうづの手伝いをしているのが見えた。

若いうづと太郎吉は互いに心を寄せていた。

うづが毎朝、採れたての野菜を小舟に積んで平井村から売りに来るのを太郎吉は待っていて、商売の下準備を手伝い、自分の仕事に戻っていく習わしができていた。

「うづどの、太郎吉どの、朝早くから精が出るのう」

「あら、赤目様、今日も駿太郎ちゃんを連れてこなかったの」

小舟に眠る駿太郎の姿が見えないのか、うづが問うてきた。船着場に立った太郎吉が、

「うづさん、駿太郎ちゃんの足が見えるぜ。どうやらまだ眠り込んでいる様子だな」

と知らせると、うづが突然立ち上がったので野菜舟が揺れた。

「きゃあ」

と驚きの声を上げるうづの舟を太郎吉が慌てて支え、揺れを止めた。

「太郎吉さん、有難う」

うづが礼をいうところへ小籐次の小舟も船着場に寄せられた。

「あらあら、駿太郎ちゃんたら汗をかいて眠り込んでいるわ」

「そのうち、腹を空《す》かせて起きよう」

小籐次の小舟の舫いを太郎吉が杭《くい》に結び、

「うづさん、約束だよ。うちで昼餉《ひるげ》を食うんだぜ」

と言うと、小籐次にも、

「酔いどれ様もよ、うちの親父が待っているから仕事に来なよ」

「万作どのの仕事場は昼からと考えてきたが、それでよいか」

「なら、うづさんと一緒に昼餉を食べようよ。おっ母《か》さんに言っておくからさ」

と言う太郎吉に、うづが瑞々《みずみず》しい大根やら青菜を持たせた。

「あとでな、お二人さん」

と声を張り上げた太郎吉が、船着場の床板をかたかたと弾ませて河岸道に上がっていった。

「太郎吉どのはうづどのがよほど好きじゃと見える」

小籐次は小舟の中に研ぎ場を設けながら呟いた。

「あら、そうかしら」

「迷惑か、うづどのは」

「迷惑だなんて」

「そなたも太郎吉が好きなんじゃな」

小籐次の言葉に頷《うなず》いたうづが、

「でも、まだこの先二人がどうなるか、はっきりとしたかたちが浮かばないのです。それではいけませんか、赤目様」

「そなたらは若い、先が長いのだ。ゆっくりと時をかけて二人の気持ちを固めていけばよいことだ」

「それでよろしいのですね」

「太郎吉どのにかぎらず、女より男がまず熱くなるものよ。じゃがな、ゆるゆると互いの気持ちを一つずつ確かめ合い、潮が満ちたときにその先へと踏み切ればよい」

はい、と明るい声が返ってきた。

船着場の床板が軋《きし》み、蛤町界隈《かいわい》のおかみさん方がまずうづの野菜を買い求めにやってきた。

「おや、駿ちゃんが寝てるよ」

女たちの中に駿太郎を預かってくれていたおさとの姿もあった。

「赤目様、お仕事の邪魔になるようでしたら預かりますよ、駿太郎ちゃん」

「おさとさん、見てのとおり大きくなった。皆さんに迷惑をかけぬよう、少しずつでもわしの手で育てようと思うてな。手に負えぬときは連れて参るで、また頼む」

最初の一陣の女衆がうづの野菜を買って船着場から姿を消した。

「赤目様、訊《き》いていい」

ひと商売済ませたうづが小籐次に視線を向けた。

「なんだな」

「太郎吉さんが言うの。赤目様の鎌倉《かまくら》行きはだれかのお供だったって」

「太郎吉どのは、長屋の連中にでも吹き込まれたか。いかにもお供を致しての鎌倉行きであったぞ」

「北村おりょう様とおっしゃる綺麗なお女中ですって」

うづがさらに問うた。

「いかにもおりょう様と一緒であったな」

「どのようなお方ですか」

「おりょう様は大身《たいしん》旗本水野家の下屋敷にご奉公でな、父御《ててご》は御歌学者北村舜《しゅん》藍《らん》様じゃ。その父御の代役として、鎌倉建長寺で催されたお歌合わせの詠《よ》み人として行かれたのだ。女ばかりの道中は難儀ゆえ、わしが同行を頼まれたのだ」

「そうだったの」

と応じたうづが、まだなにか迷う風情《ふぜい》で小籐次の顔を見た。

「どうした、うづどの」

「おりょう様の話をする赤目様は幸せそう」

「いかぬか」

「あら、いけないだなんて」

「わしの旧主の下屋敷と水野家の下屋敷が直《す》ぐ近くでな、十五、六のおりょう様が水野家に奉公に参られた日の情景《こと》を、わしはとくと覚えておる。なんとも聡明そうな娘御であったわ」

小籐次は遠くを見る眼差《まなざ》しで空を見上げた。雲一片も浮かんでいない青空だった。

「お好きなのね」

うっふっふ

と小籐次の口から笑いが洩《も》れた。

「もくず蟹面《がにづら》の赤目小籐次がそのような想いを抱いてはおかしいか」

「おかしいだなんて、私は思っていません」

と憤然としたうづが、

「おりょう様は生涯、水野様のお屋敷に奉公なさるのですか」

「さあてのう」

おりょうは鎌倉行きで一つの決断をしたのではないかと思っていた。御歌学者の北村家の血と才を受け継いだおりょうは、歌人としての道を歩み出すのでは、と小籐次は考えていた。

「おりょう様がどこかにお嫁に行かれることはないのですか」

「不思議な話よのう。あれだけの美貌《びぼう》と才の持ち主じゃ、縁談など降る星の如《ごと》くあった筈《はず》だ。それが未だ独り身を通しておられる」

「赤目様がお嫁様にもらったら」

うづが大胆なことを言い出した。

「うづどの、世の中には月とすっぽん、と釣り合わぬ譬《たと》えをいう言葉もあろう。

裏長屋住まいの爺侍におりょう様では、まるで話にもならぬわ」

「そうかしら」

「そうに決まっておる」

「だったら、なぜおりょう様は赤目様に鎌倉への同道を願われたのかしら」

「わしには分らぬことよ」

おりょうとの鎌倉行きは、赤目小籐次の生涯最大の思い出であった。

そしてその前の、あの一夜のために赤目小籐次がこの世に生を受けたのだとしても、悔いはなかった。だが、時にあの夜のことは現《うつつ》か幻か、自らの記憶を疑うことがあった。

「赤目様はおりょう様のことを死ぬまで大事に思っていかれるのね」

「おりょう様がどのような道を選ばれようと、わしはおりょう様の幸せを常に願っておる」

「おりょう様は幸せなお方だわ」

とうづが言い切ったとき、駿太郎が大きな伸びをしたかと思うと、ぱっちりと両目を開けた。

「じじ」

「小便か」

小籐次は濡《ぬ》れたむつきを外すと駿太郎を竹藪蕎麦《たけやぶそば》へ連れていき、厠を借りて駿太郎に小便をさせた。蕎麦屋はまだ仕込みにも入っていなかった。

だが、起きていた親方のおかみさんが、蕎麦切り包丁など仕事の道具を布に包んで持たせてくれた。

船着場に戻ると、うづの野菜舟に第二陣の女たちが集まっていた。

「本日もよい天気じゃな」

「酔いどれ様よ、よい天気だなんて暢気《のんき》なことを言ってなさるが、この分だと、昼下がりには堀の水だってうだり上がるよ」

おかつが応じた。

「そんなところかのう。じゃが、わしには工夫があるでな、この程度の炎暑には驚かぬぞ」

「なんの工夫か知らないけど、この暑さに敵《かな》うものかね」

小籐次はまず駿太郎の寝巻を脱がせ、腹がけをさせた。

「おや、駿太郎ちゃんの腹がけ姿は愛らしいよ。子供はこのくらいが一番可愛いやね。五つ六つになってみな、どこで覚えるんだか、悪態しかつかないよ」

とおかつが目を細めた。

「じじ、まんま」

と駿太郎が訴えた。するとうづが、

「皆さん、ちょいとお待ち下さいな」

と女衆に断わり、竹皮包みと竹の水筒を持って野菜舟から小籐次の小舟に乗り移ってきた。

「おっ母さんが駿太郎ちゃんの弁当をこさえてくれたの。赤目様、駿太郎ちゃんを貸して」

うづは駿太郎を受け取ると、まず水筒から茶碗にほうじ茶を受けて飲ませ、竹皮に包んだ小さな握り飯と卵焼きの弁当を広げた。

「ほう、駿太郎の朝餉は馳走《ちそう》じゃな」

女たちも弁当を覗《のぞ》き込んで、

「握りには鶏のそぼろが混ぜてあるよ」

「うづちゃん、これなら太郎吉さんといつ所帯を持っても大丈夫だよ」

などと無責任なことを言い合った。

「おかつさん、弁当を作ったのは私じゃないわ、うちのおっ母さん。それに太郎吉さんと所帯を持つなんて、まだなにも決まってないわ」

「おや、夫婦《めおと》になるんじゃないのかい。わたしゃ、てっきりそう思ったがね」

小籐次は小舟に乗せてきた竹竿を小舟の縁《へり》に細工した穴に立て、その竿の先に破れ番傘を広げて差した。すると日陰ができた。

「おや、えらい工夫をしたもんだね」

「おかつさん、だから最前申したろう」

と答えた小籐次は、

「うづどの、そなたの舟にもと思うて竹竿を積んできた。どう致す」

「すぐに普請ができるの」

姉さん被《かぶ》りのうづが、駿太郎に鶏そぼろの握り飯を食べさせながら聞いた。

「普請だ、造作だという話ではないわ。すでに竹竿に細工してあるでな、すぐにできるぞ」

「ならお願い」

小籐次は小舟から船着場に竹竿などをあげ、さらに一回り大きな竹筒をうづの野菜舟の内側にまず固定した。そして、竹竿を立て、足袋《たび》問屋の京屋喜平の番頭菊蔵から、

「赤目様にはちょいとばかり晴れがましいかもしれませんが、うちの上得意に引き物にした日傘を差し上げましょう」

ともらった薄紅色の日傘を広げて差した。すると、蛤町裏河岸に大輪の花が咲いたようで、

ぱあっ

と明るくなった。

「わあっ」

うづも駿太郎も広げられた日傘を見上げた。

「芝口橋の足袋問屋が引き物にした日傘を頂戴《ちょうだい》したでな、このようなことを考えてみた」

「赤目様、うちの野菜舟が生まれ変わって花が咲いたわ」

「うづどのが喜んでくれるならなにより」

小籐次は小舟に戻ると、竹藪蕎麦の道具を研ぎ始めた。

二

竹藪蕎麦に頼まれた道具を研ぎ終えたのが五つ半（午前九時）の刻限、陽射しはすでに三竿《さんかん》にあって、ぎらぎらした光を蛤町裏河岸に投げかけていた。

うづの野菜舟も客足が途絶えていた。

「こう暑くてはお互い客が来ぬな」

「赤目様、振り売りに歩くわ」

「ならば、その前にしばし駿太郎を見ていてくれぬか。美造親方の許に道具を届けて参る」

「竹籠に野菜を入れたりする間がいるもの、私もすぐには出られないわ」

頷いた小籐次は日傘の下から日向《ひなた》に出た。

「おお、これは肌を刺すような強さじゃぞ」

破れ笠を被った小籐次は駿太郎に、

「おとなしく待っておれよ」

と言い残すと、竹藪蕎麦を訪ねた。すると、美造親方や半次らが仕込みに入っていた。

「親方、えらい暑さじゃな」

「この暑さの中、釜前にいてごらんなせえ。蕎麦がうだるよりさきに人間が干からびちまうぜ」

汗だくの美造が言い、

「ところがよ、こんな暑さのほうがうちの商売にはいいのさ。食欲がねえ連中が蕎麦をたぐりに詰め掛けてくるってわけだ」

「商い繁盛なによりだ」

「一色町魚源の永次親方が、赤目様が来ないなとぼやいていたぜ」

魚源はこの界隈の魚屋の老舗《しにせ》、永次親方は五代目だ。

「それはありがたい。万作親方の作業場に行く前に緑橋に立ち寄っていこう」

美造親方のおかみさんのおはるから研ぎ料と一緒に紙に包んだ蕎麦饅頭《まんじゆう》を、

「駿太郎ちゃんにあげて」

ともらった小籐次は、

「駿太郎ひとりで食いきれる数ではなさそうな」

「赤目様とうづさんの分も入っているよ」

「ありがたく頂戴致す」

と礼を述べた。

船着場に戻ると、すでにうづが竹籠に荷を用意していた。

駿太郎は船着場の床に座らされ、風車を持たされていた。そよ風が吹くと風車が回るのが面白いらしい。

「うづどの、美造親方のおかみさんに蕎麦饅頭をもろうた。甘いものを食べて元気をつけてから、振り売りに行くがよい」

小籐次の言葉が分ったか、駿太郎が風車を投げ捨てて、

「じじ、じじ」

と手を差し出した。

「待て待て」

小籐次は紙包みを広げると、まずうづに供し、

「わあっ、おいしそう」

と喜ぶうづが一つ摘《つま》み、

「ほれ、そなたにじゃぞ」

と駿太郎に差し出すと、小さな両手が二つとも蕎麦饅頭をとろうとした。

「欲張るでない。一つは爺様の分じゃ」

と一つを駿太郎の手に握らせた。

「赤目様、太郎吉さんのところに行くの」

「いや、その前に魚源の親方のところに仕事に参る。美造親方が教えてくれたのだ」

「じゃあ、私も一緒に八幡橋まで行くわ。振り売りの間、橋下に野菜舟を舫っていたほうが野菜も傷まないもの」

「それはよい考えじゃ。饅頭を食したら共に行こうか」

蕎麦饅頭は、皮の蕎麦の風味とあんこの甘さが微妙に口の中で混じり合って美味だった。まず小籐次が食し終わり、手を堀の水で洗った。堀の水はすでに温《ぬる》んでいた。

うづも手甲《てっこう》をつけた手を洗い、まだ饅頭を食べている駿太郎を小舟に乗せて、陽よけの傘だけを外した二艘《そう》の仕事舟は蛤町裏河岸の船着場を離れた。

蛤町、黒江町と複雑に入り組む深川の水上を行くのは心地いい。だが、この日はひどい暑さで、深川界隈も死んだように森閑としていた。

八幡橋の下に野菜舟を着けるうづに、

「あとで寄ると万作親方に伝えてもらえぬか」

と言い残した小籐次は、黒江町の間の水路をうねうねと曲がって一色町の緑橋を潜り、石垣の石段下に小舟を着けた。河岸道には大きな柳の木が植わっていて、石段下に緑陰が落ちていた。

「駿太郎、こちらで仕事を致そうかのう」

小籐次はようやく蕎麦饅頭を食べ終えた駿太郎の手を堀の水につけさせて洗い、ついでに顔と項《うなじ》の汗を濡れた手で拭《ぬぐ》ってやった。

「駿太郎、注文を聞きに参るぞ。さあ、腕に抱かれよ」

と小籐次が石段下から誘いかけたが、駿太郎は小舟の縁から石段に這《は》いずって一人で移る様子を見せた。

「なにっ、そなた、石段を這いのぼると申すか。ならば上がってみよ」

駿太郎が腹がけ姿で石段を上がり始めた。そのあとを備中《びっちゅう》の刀鍛冶《かたなかじ》次直《つぐなお》が鍛えた一剣を手に小籐次が従う。

駿太郎にとって石段の高さはなかなかの難関だが、両手両足と腹まで使い、一段一段這いのぼり、柳の大樹が葉を垂らす河岸道に上がりついた。すると、魚源の店頭から怒鳴り声が響いてきた。

「そのほう、注文の品を渡さぬと申すか」

「お武家様、おまえ様も分らないお人だね。わっしら商人《あきんど》は、毎日現金仕入れだ。お馴染《なじ》みさんなら別だが、初めての注文のうえ、今頃になってつけにしろとは無法ですぜ。それも鯛《たい》だ平目だと注文をつけて大量に仕入れさせ、お代は五両二分一朱にもなっているんだ。せめて半金なりとも払って下さいよ」

武士と親方が言い合っていた。

小身の旗本かあるいは御家人の用人《ようにん》か、怪しげな風体《ふうてい》の家来を三人も従えている。家来らしき恰好《かっこう》をさせてはいるが、不逞《ふてい》の浪人に奉公人のなりをさせたのであろう。

「当家は仙台堀海辺橋際に屋敷を構えて八代、直参《じきさん》旗本二百三十石広畠家である。逃げも隠れもせぬ。懐《ふところ》に金子《きんす》は用意しておるが、急に要《い》りようが生じたゆえ、後日にしろと申しておる」

「用人さん、その手でさ、深川本所界隈の商人がだいぶ泣かされているんじゃありませんか。注文を受けたとき、わっしがいればお断わりしたんだが、生憎《あいにく》奉公人が応対して受けちまった。致し方なく、このとおり仕入れをしてきたんですぜ。商人を泣かせるのは大概にして下せえよ」

「ならば品は要らぬ」

「いよいよ本性を現しなさったね」

「言うたな。もう許せぬ」

「偽家来の浪人をひと暴れさせようってんですかえ。最初《はな》からそれが狙《ねら》いで、あとは強請《ゆす》りたかりとお定まりの田舎芝居を打ちますかえ」

「その了見なれば、そのほうの願いを聞き届けようか」

用人が、従えた三人に顎《あご》をしゃくった。

「おれっちはこの土地で五代、魚源の看板で商いをしてきたんだ。喰いつめた旗本奴《やっこ》の用人の手にのってたまるか」

永次が腕まくりして、魚源の奉公人がそれぞれ包丁を握った。

「おもしろい」

三人も刀を抜いて振りかぶると、夏の光を受けた刃《やいば》がぎらりと光った。

「親方、お呼びだそうで」

と小籐次が柳の下から声をかけると永次が、

「旦那、もう少し早く割って入ってくれるかと思ったら、最後まで見物かえ」

とほっとしたような、安堵の声を洩らした。

永次は最前から小籐次の姿に目を留めて強気に出たらしい。

「それがし、研ぎ仕事に参ったのでな」

「そう申されますな」

小籐次はよちよち歩く駿太郎のあとを追った。

出鼻をくじかれた用人と偽家来の三人が駿太郎と小籐次を見た。

「怪我《けが》をせぬうちに去《い》ね」

用人が小籐次に吐き捨てた。

「それがし、こちらに仕事に参ったのだ。相すまぬな」

背を向けたまま小籐次が言った。

「去ねというのが分らぬか。爺《じじい》、そのほうから叩《たた》きのめすぞ」

「ほう、爺と申されたか。立派な爺のそなたから爺と呼ばれたくはないな」

小籐次は駿太郎が魚源の店に入ったのを見届け、くるりと振り返った。

「話は柳の下で聞いた。魚などというものは鮮度が命でござろう。まして値の張る鯛や平目なんぞをお造りに注文しておきながら、金は後日にしろだの要らぬだの、無理無体というものじゃぞ」

「爺から叩っ斬《き》れ」

用人は命ずると身を引いた。すると、いきなり三人のうちの長身の偽家来が、小籐次に突きを入れてきた。

その切っ先を体を横に流して避《よ》けた小籐次は、相手の刀を握った両手を下から突き上げると虚空に流しておいて、股間《こかん》を蹴《け》りあげた。小柄な体を利した早技で、絶叫して相手がその場に尻餅《しりもち》をついた。

「やりおったな。許せぬ」

二人の仲間が頭上に剣を大きく構えて脅すように小籐次に迫った。

「およしなせえ、お二人さん。そのお方の正体を知っても、そんなふうに大上段に刀が振りかぶれますかねえ」

「ただの爺ではないか」

用人が言った。

「馬鹿を言っちゃいけねえな。今、江都《こうと》に名高い御鑓拝借《おやりはいしやく》の赤目小籐次様だぜ。それでも、なまくら刀を振り回すってのか」

永次が嬉しそうに啖呵《たんか》を切った。

「酔いどれ小籐次だと」

偽家来が狼狽《ろうばい》したように腰を引いた。

「いかにも赤目小籐次にござる。魚源の親方には日頃から世話になっておるのだ」

「なんということだ」

と間の悪さを呪《のろ》った広畠家の用人が、

「本日は引き上げる」

「ちょっと待った、用人さん。五両二分と一朱、きっちり払ってお引き取り願いましょうかね」

永次親方がここぞとばかり小籐次の傍《かたわ》らに出てきた。

「用人どの、懐に金子はお持ちと威張っておられたな。お代を支払い、注文の品をお引き取りなされ。ならば立派なお客様じゃぞ」

用人は、言い訳はないか、逃げ道はないかと思案する体《てい》で、
うんうん
と唸《うな》った。

「悪知恵を働かせてはいかぬな。もしこれ以上、四の五の申されるなれば、酔いどれ小籐次、来島水軍流を一手ご披露申し上げる」

小籐次が睨《にら》むと、用人が懐から革の財布を出し、

「代を支払う。手を出せ」

と親方に命じた。

「お有難うございます」

永次は小判五枚と一分金二枚と一朱をきっちり受け取った。

「お品をお持ち帰りなさいますな、用人様」

「鯛なんぞ食しつけておらぬ。要らぬわ」

「えっ、お代はお払いになる、品は要らぬ。これはまた鷹揚《おうよう》にございますな」

とさんざん永次親方に虚仮《こけ》にされた用人ら四人組が緑橋際から姿を消した。

「助かりましたよ、赤目様」

「なにほどのことがあろうか」

「五両二分一朱の売上げに品まで残って、ぶったくりをやったようなものだ。もう今日は店仕舞いをしてもいい気分ですぜ」

「わあっ！」

と親方の言葉を聞いた職人たちが歓声を上げた。

「馬鹿野郎、そんな気分だと言っただけだ。いいか、お造りにした鯛や平目がこれだけ残ったんだ。よし、お得意様に少しずつお分けしようじゃないか。盤台《はんだい》から出し、小分けにして包みなおせ。活きがいいうちに配って回るんだよ」

「合点だ」

と職人たちが盤台を奥に運び込んだ。

「おまえさん、赤目様のところにも包むよ」

駿太郎を抱いた魚源のおかみさんが亭主に言った。

「おうさ、赤目様のが一番先じゃ」

「親方、おかみさん、こちらに最初にお邪魔したときも鯛のお造りを頂戴し、頬《ほ》っぺたが落ちた。じゃが、今日はこのあと、万作親方のところで昼餉を馳走になることになっておる。万作親方のところに少しばかり土産《みやげ》にしてもらえぬか」

「万事承知だ」

と胸を叩いた親方に、番頭格の陽三郎が布に包んだ刺身包丁などを抱えてきて、

「親方、赤目様にお渡ししていいですかえ」

と訊いた。

「おう、お渡ししてくれ」

「陽三郎さん、わしが預かっていこう。水辺が涼しいでな、小舟で研ぎをかける」

小籐次は陽三郎の手から道具を預かった。

「なら、駿太郎ちゃんはうちで大事にお預かり致しますよ」

と親方が請け合い、小籐次は小舟に戻った。

小舟に柳の影がかかっていたが、念のために破れ傘を開いて竹竿の先に差した。これで研ぎ場は濃い影の下になった。

桶《おけ》に堀の水を張り、下研ぎから始めた。

小籐次にとって研ぎ仕事は、求道者が坐禅を組んで無念無想の境地に浸る行為に似ていた。刃を砥石《といし》に往復させながら、ひたすら作業に専念すると、脳裏から雑念は消え、時の経過も忘れた。

十数本の道具を一気に仕上げて、小舟から河岸道に上がった。すると、魚源の店頭に大勢の女連が集まって、

「親方、私にも一舟、鯛をおくれよ。こんなときでもないと、鯛なんぞ金輪際《こんりんざい》うちの膳《ぜん》に上らないからね」

とか、

「おとめさん、私が先だよ」

とか賑《にぎ》やかに言い合っていた。

「待ちなって、今日はこの暑さにこれだけの人が集まってくれたんだ。鯛ばかりじゃねえ、大安売りするぜ。持ってけ、泥棒」

永次親方も張り切っていた。

「親方、研ぎが終わった。今、清水で洗うで試してくれぬか」

「赤目様、研ぎ上がった包丁を洗うなんぞはうちのやつにやらせますよ」

「いや、親方、洗いまで仕上げてわしの仕事は終わるのじゃ。井戸端をお借りする」

小籐次は魚源の店を抜けて裏庭に出ると、懐に一本だけ入れてきた仕上げ砥《と》で刃の汚れを落とし、さらに清水で清めた。すると、きらきらと刃が光り輝いた。

「よし」

小籐次が再び店に戻ると、親方は大俎板《おおまないた》の前で平目を捌いていた。

「親方、試してくれぬか」

「赤目様の仕事だ、試す要もねえが、平目を捌いてみてえ」

と出刃包丁を受け取った永次が、

「見てくれよ、これがほんものの研ぎ仕事だ。ほれぼれするぜ」

と刃を立ててじいっと見入った。

「今日はなんとも親方の機嫌がいいぜ」

「そりゃそうだ。この界隈で悪評判の広畠屋敷の用人の手に引っ掛からなくて済んだうえに、あいつら、注文した品まで置いていきやがったんだものな」

「この仕事、引き受けたのはだれだ」

「おめえだ」

「つまりはよ、儲《もう》け仕事のきっかけをつくったのはおれだ」

「道助、おめえのお蔭《かげ》で、昼間っからひと騒ぎ起こるところだったんだぜ。赤目様に感謝しねえ」

へえ、と職人の道助がぺこりと頭を下げた。

小籐次と駿太郎は魚源をあとにすると、再び小舟で黒江町の八幡橋まで戻った。すると、橋の下にひっそりとうづの野菜舟だけがあった。

うづは炎天下、まだ振り売りに歩いているらしい。

小籐次は昼からの仕事をこの橋の下ですることに決めて、駿太郎を抱き、片手に竹皮包みの刺身を持って万作の店へと上がった。

「うづどのはまだのようだな」

「一度戻ってきたんだが、もう一度行ってくると言い残して出ていったよ。もう九つ（正午）の刻限だ。戻ってきてもいいころなんだが」

と太郎吉が応え、小籐次は抱えてきた竹皮包みを差し出し、事情を告げた。

「親方、昼間っから鯛や平目の造りだと。奢《おご》った昼餉だぜ」

「なら、赤目様に一杯酒を出すよう、おっ母《かあ》に言いな」

と万作が命じて、太郎吉が台所に消えた。

三

万作の家の昼餉は冷やしうどんで、薬味に刻み茗荷《みようが》が用意されていた。それに魚源の永次親方から頂戴してきた竹皮に包まれた鯛や平目の造りが、曲物で作られた浅底の丸い重に、見た目も涼しげに移し替えられていた。

「じじ、うどん」

駿太郎が催促したが、うづが戻ってくる様子はない。太郎吉も何度も奥の台所から表を見に行ったが、

「ぎらぎらした光が降っているばかりで、路地に犬一匹姿はないぜ」

と心配げな顔をした。

「うづどのはこの界隈の人気者ゆえ、どこぞで昼餉の馳走に与《あずか》っているのではないか」

「赤目様、そんな馬鹿な話があるかえ。うちで昼餉を食べる約束は何日も前から

のことだ」

　太郎吉が憮然《ぶぜん》と言った。

「駿太郎ちゃんは待ち切れませんよ。赤目様、私が食べさせていいかね」

と万作の女房のおそのが小籐次に願い、致し方なく小籐次も頷いて、おそのがだし汁につけたうどんを食べさせた。

「うどん、うまい」

　駿太郎はご機嫌だが、小籐次は供された酒にも口を付けなかった。

　九つ半（午後一時）の時分か、

「遅くなってごめんなさい」

と表でうづの声がして、太郎吉が表に飛び出していった。そして、

「顔じゅう汗だらけだぜ。まず竹籠を貸しな。それから、菅笠《すげがさ》を脱いで裏の井戸で汗を流しな、うづさん」

と太郎吉が甲斐甲斐《かいがい》しくもうづを手伝う様子が、小籐次たちのいる居間に伝わってきた。

　万作家には狭いながら庭があり、その一角に井戸が掘り抜かれていた。居間に接した縁側の外には鳥が運んできた実生の欅《けやき》があり、棚に這う瓢簞《ひょうたん》と合わせてぎ

らぎらした光を遮って緑陰を作っていた。

「赤目様、もう大丈夫だ。酒を飲んで下せえ」

万作が、茶碗に注《つ》がれたままの酒を勧めた。

「せっかくの好意、頂戴する」

小籐次は、最前から胃の腑《ふ》を刺激していた茶碗酒を鼻に近づけてくんくんと香りを楽しみ、一口啜《すす》った。

腹が空いているだけになんとも甘露であった。

緑陰の向こう、小籐次の視線の先に、うづと太郎吉の姿があったが、庭伝いに二人が縁側へと姿を見せた。

「皆様をお待たせしてすみませんでした」

洗い立ての清々《すがすが》しい顔でうづが頭を下げた。

「赤目様、うづさんは得意先で騒ぎに巻き込まれて帰るに帰れなかったんだと」

と太郎吉が説明し、

「うづさん、縁側から上がりな」

とうづを招じた。二人が落ち着いたところで駿太郎が、

「とと、とと」

と刺身を催促する声が響いた。

その言葉で、うづが鯛や平目の白身づくしのお造りに目を丸くした。

「太郎吉さんのところは、昼間から豪勢ね」

「お造りは赤目様が魚源から頂戴してきたものだよ。おれたちもお相伴《しょうばん》に与ろうという寸法だ」

「あら、赤目様、すごい」

「すごいもなにも、こちらも些《いささ》か騒ぎに遭遇してな。客というべきか魚源というべきか、ともかくその方のおすそ分けだ」

「私も魚源さんの前を通ってきたけど、暑い盛りなのに客が大勢いたわよ」

それだ、と小籐次が騒ぎを簡単に披露した。

「お旗本の広畠様か。あそこは、事情を知った商人ならまかり間違っても飛び込まないお屋敷。評判が悪いんだ」

とうづが呟く。

「ささっ、食べようぜ」

万作の声で大人たちがお造りに箸《はし》をつけ、

「こりゃ、うめえや」

「魚の公方《くぼう》様は鯛だね。暑い盛りの刺身は堪《こた》えられねえや」

と太郎吉、万作の二人が満足げだ。うづは冷やしうどんを啜って、

「ああ、生き返った」

とようやくほっとした顔を見せた。

「うづどの、得意先になにがあったな」

小籐次が質《ただ》した。

「私の得意先に、富田町の質屋の越後屋さんがおられるの」

「一色町の越後屋ではないのか」

小籐次は、駿太郎の面倒を一時《いっとき》見てくれていたおさとの長屋の持ち主が一色町の越後屋だったと思い出して訊いた。

「一色町は分家、富田町は本家なんです」

とうづが小籐次の問いに答え、

「私が本家の越後屋さんを訪ねたのは四つ半（午前十一時）過ぎかしら。家族も多いし、奉公人も番頭さんを筆頭に五、六人はいると思うの。越後屋さんの分としてとっておいた野菜をそっくり買って頂き、台所女中のおいねさんに麦茶をご馳走になっていると、店のほうから、おなつさんの姿が見えないって慌てた声が

聞こえて、それが騒ぎの発端だったわ。おなつさんって、越後屋さんの孫娘で、三歳の愛らしい娘さんなの」

うづとおいねが慌てて表に回ると、暑さの中、奉公人らが店の前で鉤形《かぎ》に曲がった堀を覗き込んでいた。

魚源の前を流れる堀は北で仙台堀に合流する。その途中、西側の堀川町と西永代町の間から、鉤形に曲がる堀が大川へと抜けていた。

越後屋は、この堀が鉤形に曲がる角地に暖簾《のれん》を掲げていた。

「おなつ様の姿が見えないとはどういうことです」

とうづが訊くと番頭が、

「最前まで奥で遊んでおられたおなつ様が、家の中のどこを探してもいないというのですよ。だから、まさかとは思うが、堀を探しているところなんです」

と答えたが、どことなく切迫感がない。

ともかく越後屋の家族は屋内を探し、奉公人らは外を見廻《みまわ》っていた。

「番頭さん、裏では姿を見かけないぞ。私とうづさんが裏木戸にいたもの」

野州《やしゅう》から女中奉公に来たおいねが在所訛《なま》りで言った。

「まず表には出ておられまい。店の蔵に紛れ込もうにも、手代の文吉が蔵前でこよりを作っていたからその気配もない。奥の納戸部屋に入り込んで、昼寝などしておられるのではないかね。この春もそんな騒ぎがあったからね」

と番頭の佐兵衛が言った。

切迫感のなさはこの納戸の昼寝騒ぎがあったからか、とうづはなんとなく得心した。

だが、おなつの姿は越後屋の広い敷地の中でも堀の付近でも見つからなかった。

おなつの姿が消えて四半刻《しはんとき》(三十分)、半刻(一時間)と過ぎ、出入りの仙台堀の初蔵親分が呼ばれた。手先と駆け付けてきた初老の親分は、

「まさかとは思うがね」

と首を傾《かし》げて言い出した。

「仙台堀の親分、まさかとは思うとはなんですね」

越後屋の大旦那の光右衛門が、孫の行方知れずに険しい顔で問い返した。

「いえね、本所界隈の大店《おおだな》の幼い子が行方知れずになる事件が、ここんとこ二、三件続いているんですよ。わっしらも必死で探索しているんだが、一件をはぶいて神隠しに遭《あ》ったようにどこにも見つからない」

「なんということが」

おなつの母親が、
わあっ
と泣き崩れた。

「おけい、人前ですよ。大声で泣く人がありますか。おなつはきっとどこかで昼寝をしていますよ。親分、おなつはまさか誘拐《かどわか》しじゃありませんよね」

「若おかみさん、わっしの口が過ぎた。なにも誘拐しと決まったわけではございませんよ」

初蔵は言ったが、嫁のおけいの動揺は収まらなかった。

家族と奉公人に町内の衆が加わり、もう一度おなつの捜索が再開された。うづは町内の鳶《とび》の連中が姿を見せたのを確かめ、越後屋を離れた。

「越後屋さんもえらい災難が降りかかったね」

駿太郎を膝《ひざ》に抱いて刺身を食べさせているおそのが言った。駿太郎は片手でうどんを一本摑《つか》み、刺身のあとで食う魂胆のようだ。

「おれも、これと似た話は聞いたことがある。本所の横川北辻橋際の回船問屋の紀伊一屋も女の子が行方知れずになって大騒ぎしたことがあったそうだ。ところがよ、いつの間にか女の子は店に戻っていたそうだぜ」

と太郎吉が言い出した。

「あら、誘拐しじゃなかったの」

「うづさん、そこだ。紀伊一屋はどうもお上に内緒で、誘拐しをやった連中に密《ひそ》かに連絡《つなぎ》をつけ、言いなりに金子を払い、連れ戻したんじゃないかと町内の噂《うわさ》だぜ。もし、越後屋もその手を使うなら、まずおなつちゃんは無事に戻ってくるよ」

「太郎吉さん、まだおなつさんが誘拐しに遭ったと決まったわけではないわ」

「そりゃそうだ。もしそうならという話をしただけさ」

「そのような誘拐しが続いておるのか」

小籐次が駿太郎を見た。

「赤目様、駿太郎ちゃんなら案じることはねえって」

「うちは貧乏ゆえ、誘拐しには遭わぬか」

「いえね、うづさんの話を聞いてのとおり、何件か繰り返される行方知れずはみんな娘なんですよ」

と太郎吉が言った。

「そうか、腹がけしてうどんを手で食べるような駿太郎に目はつけぬか」

と父親の顔の小籐次はひと安心した。

「もしよ、越後屋さんが誘拐しだとしたら、厄介《やっかい》だわ」

とうづが言い出した。

「なんの話だ」

「お得意先の悪い話をするのはよくないのだけど、越後屋の大旦那はけちで知られた人なの。もし、誘拐しの下手人から金を払えば孫を返すと連絡があっても、すぐに応じる人ではないと思うの」

「この界隈だって越後屋のしみったれは知れてるよ。それにしても孫の命がかかっているとなりゃあ、いくらなんでも爺様、身代金くらい払おうじゃないか」

「おっ母、馬鹿言っちゃいけねえよ。誘拐しの悪どもに金を払ってかたをつけようというのがそもそも間違いだ。お上に届けて、悪い奴らを一網打尽にしてもらう、これが本筋よ」

と万作が窘《たしな》め、

「いかにもさよう」

小籐次も同調した。

「おまえさん、赤目様、そう言うけどさ、誘拐しにあった娘が傷つけられたり、殺されたりしたら元も子もないよ。親の気持ちを考えるとさ、迷うのは分るよ」

「おっ母、うちゃ赤目様は迷わねえ、払う銭がねえもの。もっとも、相手もその辺のところはとくと承知だろうがね」

という万作の言葉で冷やしうどんとお造りの昼餉は終わった。

陽炎《かげろう》が深川界隈に立っていた。

空になったうづの野菜舟が八幡橋下から消え、小籐次は一艘だけになった小舟で万作親方の道具の手入れをすることにした。腹いっぱいにうどんとお造りを食した駿太郎は、小舟の中で川風に吹かれながら昼寝をしていた。

小籐次は橋下の日陰から、時に深川蛤町の町並みや堀の水面に照りつける陽射しを見ながら研ぎ仕事に専念した。

どれほど時が流れたか。

わあっ

という子供の歓声が上がり、小籐次が顔を上げると、竹で組んだ筏《いかだ》に五人の男の子が乗ったり、つかまったりして水遊びをしながら、小籐次の仕事をする八幡橋へと流れてきた。

「捨吉ではないか」

おさとの弟の捨吉が水遊びの頭分のようだ。

「赤目様か。この暑さだもの、水にでも浸《つ》かってなきゃあ、頭からゆだってしまうぜ」

と言いながら、捨吉らは竹の筏を小舟に寄せてきた。その騒ぎに駿太郎が目を覚ました。すると、捨吉が堀の水を手で掬《すく》い、

「気持ちいいだろう、駿ちゃんさ」

と汗を掻《か》いた項をぴちゃぴちゃと叩いた。すると駿太郎が、きゃっきゃっとご機嫌の声を上げた。

「捨吉、遠くに行くでない。それがしの見えるところで水遊びを致せ」

小籐次は捨吉らの竹筏を縄で棒杭に結びつけ、目の届くところで遊ばせることにした。捨吉らが駿太郎を小舟から竹筏に乗せてゆさぶると、駿太郎も上機嫌で笑い声を上げた。

「しらたまみーず！」

昼下がりの黒江町に白玉水売りの声が響いた。

「捨吉、駿太郎を遊ばせてくれた礼じゃ。白玉水を馳走するで呼んで参れ」

わあっ
と悪童どもが歓声を上げて白玉水売りを呼びにいった。

白玉粉を丸めただんごを冷水に入れ、砂糖を振りかけた夏の食いものだ。わずか四文で、ギヤマンの鉢などで食させた。

「赤目様、連れてきたぜ」

白玉水売りは小籐次と同じ年輩だった。

「橋下まですまぬな」

「赤目の旦那かえ」

小籐次を承知か、白玉水売りはほっとした表情を見せ、捨吉らと駿太郎に白玉水をギヤマンではなく白磁の器に入れて、渡した。

「この暑い最中、そなたの商いも大変じゃな」

「お互い様でさ」

「わしにも一つくれぬか」

あいよ、と白玉水をもう一つ作ってくれた。駿太郎には捨吉が上手に食べさせている。

「富田町の越後屋の騒ぎを知っているかね、赤目様」

「なんでも孫娘が神隠しに遭ったそうな」

「神隠しなんかじゃねえ。それが証拠に、娘が着ていた着物の片袖《かたそで》が血塗《ちまみ》れで届いたそうだぜ」

「最前姿を消したと思うたら、もうそのようなものが届いたか」

「なにしろ越後屋はけちで名高いからな。悪党どももすぐに動いたんだろうよ」

「血塗れの片袖に強請り文は付いておったのかのう」

「そこまでは知らねえ。鳶の連中が噂をしているのを小耳に挟んだだけだ。でもよ、金子を求める文が届いたとしても、越後屋がすぐに払うとは思えねえ」

と言った白玉水売りが、

「赤目様、大きな声では言えねえが、櫓下《やぐらした》の女郎屋の娘がいなくなり、この女郎屋は相手の言うことを断わったらしいや。そしたら、娘の亡骸《なきがら》が届けられたというぜ。お上はどうしているのかねえ。こんなときくらい、ちったあ働けばいいじゃねえか」

と吐き捨てた。

「ああ、美味《うま》かった」

と捨吉たちが白玉水を食べ終わり、器を堀の水で洗って白玉水売りに返した。

小籐次は七人分の二十八文に二文をつけて白玉水売りに渡し、

「これで涼しくなった。もうひと稼ぎする元気が出たわ」

と礼を言った。

「赤目様、馳走になったな。駿ちゃんをおれたちが預かってやろうか」

「気持ちだけ受け取ろう。そなたらもそろそろ蛤町裏河岸に戻れ」

と棒杭に結び付けた縄を解《ほど》いた。

「あいよ」

捨吉らは竹筏に半身を預けてばた足で漕ぎ、八幡橋下から姿を消した。

小籐次は濡れた駿太郎の腹がけを乾いたものに着替えさせ、

「もう少し一人で遊んでおれ」

と言い聞かせると、最後の研ぎ仕事にかかった。今日じゅうには経師屋《きょうじや》の安兵衛のところの研ぎ仕事は無理じゃな、明日に回そうと思案したところに、橋下にどかどかと人影が立った。

「研ぎ屋か」

という声に小籐次が顔を上げると、

「あっ、これは酔いどれ様か」

と十手持ちの手先が驚きの声を上げた。

「いえね、小舟から子供の声が聞こえていると聞いたものでね」

「越後屋の娘御はまだ見つからぬか」

「承知かえ」

「このような商売をしておると、あれこれ耳に入ってくるでな」

「嫁は泣き叫ぶわ、大旦那は怒鳴りまくるわで、越後屋はまるで火事場のような騒ぎだぜ」

「親分方、早く悪党を捕まえて下されよ」

小籐次が念を押すと、御用聞きらは橋下から姿を消した。

四

小籐次はこの日、目いっぱい働き、万作親方と太郎吉の道具の研ぎを終えた。

研ぎ上げた道具を小脇《こわき》にして駿太郎の手を引き、河岸道に上がると、太郎吉が作業場の片付けをしていた。仕事で使った水を店の前に打ち水しながら笑いかけた。

「赤目様、賑やかな声がしていたが、あれこれと邪魔に来たな」

「なんの、邪魔などころか、捨吉らは駿太郎を遊ばせてくれた。この暑さでは子供も水にでも浸からなければどうにもなるまい。もっとも、御用聞きの手先は余分だったが、かの者たちも得意先の騒ぎゆえ、大汗掻いても娘御を取り戻さぬとな」

小籐次が研ぎ終えた道具を太郎吉に渡し、太郎吉はそれをきれいに片付いた作業場の床に置いた。

「明日の仕事が楽しみだ」

太郎吉も、名人と呼ばれる曲物師の父親の許で修業を続け、ようやく職人の顔になり、挙動に無駄がなくなっていた。

「安兵衛親方のところには明日一番で参るつもりだ。もし顔を合わせたらそう伝えてくれぬか」

「おれがこれから伝えに行こう」

太郎吉が気軽に安兵衛のところに向い、小籐次は太郎吉の大きな背を見送った。

深川の水辺の町に西陽が差し、さしもの強かった陽射しも和らぎ始めていた。

暑さのせいで餌《えさ》を探しに出られなかった燕《つばめ》が水面を低く飛び交っていた。

姿が見えなかった万作親方が奥から茶碗を二つ運んできた。

「赤目様、ご苦労様でしたね。一杯喉《のど》を潤して帰りなせえ」

「有難い」

駿太郎を作業場の上がり框《がまち》に座らせ、小籐次も腰を下ろした。万作親方が茶碗の一つを駿太郎の小さな手に持たせると、

「ぶぶ、ぶぶ」

と言いながら受け取った。駿太郎はおなじ年頃の子供に比べて体が一回り大きかった。言葉も片言ながらだいぶ話せるようになった。

駿太郎の茶碗には砂糖入りの生姜水《しょうがすい》が入っていた。

万作が床に置いたもう一つの茶碗から、そこはかとなく酒の香りが漂った。

「おっと、昼夕と好物を頂戴し申し訳ない」

「明日もこの界隈で仕事じゃな」

「安兵衛親方のところも残ったし、もう一日働かせてもらおう」

「そうしなせえ。明日も厳しい暑さが続くぜ」

すとん

と西陽が千代田の城の方角に落ちたようで、残照が深川の家並みと堀端を芝居の書き割りのように浮かび上がらせた。

小籐次は刻々と変わりゆく残照の町並みに視線を預けて、茶碗酒を静かに味わった。

「越後屋の孫娘、無事に戻ってくるといいが」

万作が呟く。

「かような場合、分限者《ぶげんしゃ》はお上に願うか、小判の力を頼りにするか、難しい道を選ばされることになるな」

「血染めの袖なんぞ送りつけられたら、さしものけちの越後屋もうろたえような。この暑さ、おなつちゃんはどこにどうしているか」

万作の呟きを聞きながら、小籐次は残った酒を飲み干し、駿太郎を両腕に抱くと、また明日と辞去の挨拶《あいさつ》をした。

「赤目様、研ぎ代は明日でいいかえ」

「いつなりとも構わぬ」

駿太郎とともに小舟に戻った小籐次は、番傘を差した竹竿を抜くと舟底に転がした。

陽が落ちたら風が出てきたようだ。堀の水面にさざ波が立った。

小籐次は駿太郎に洗い晒《ざら》しの浴衣を着せ、自分の足元に引き寄せた籠に座らせた。

小舟を八幡橋下から堀伝いに大島橋を潜らせ、武家方一手橋から大川河口に出た。

夕暮れの刻限、いつもならぱたりと止《や》む風が海から陸へと吹きつけて、櫓を操る小籐次もひと苦労だ。なんとか石川島の西北端沖に漕ぎつけ、人足寄場《にんそくよせば》から佃島の渡しを突っ切ろうとしたが、小舟は鉄砲洲の船松町河岸へと吹き寄せられた。

そこで小籐次は、海岸沿いを築地川河口に向うことを諦《あきら》め、鉄砲洲本湊町《ほんみなとちょう》と船松町の間に口を開けた水路に小舟を入れて、阿波《あわ》徳島藩松平家の下屋敷の東側を直角に曲がる堀伝いに築地川へ抜けることを考えた。

武家地の間の堀や船溜《ふなだ》まりを抜けていくと、築地川の浜御殿の西北、大手御門前の築地川に出られる。舟を漕ぐ水路は海岸沿いを行くより何倍も遠くなるが、風にわずらわされない分、早いと思ったのだ。

堀に小舟を入れようとすると、二挺櫓《にちょう》の荷船が小籐次らの小舟の傍らをすり抜けていこうとした。

そのとき、苫屋根《とま》を葺《ふ》いた荷船から子供の泣き声が聞こえたような気がした。

(夫婦船か)

一家で荷船に住み込み、日中は船内を片付けて荷を運ぶ船があった。そんな夫婦で稼ぐ船かと思ったが、触れに禁じられた二挺櫓にして船足を速める荷船など、おかしな話だ。

だが、小籐次は無灯火で先を急ぐ荷船にさほどの関心を払ったわけではない。

小籐次は荷船のあとから従うように堀の奥へと進み、徳島藩の下屋敷の石垣に沿って南に曲がった。すると風向きが変わり、前方を行く船から、

「帰りたいよ」

と言う幼い娘の声が聞こえてきた。そして、

「煩《うるさ》い」

と叱《しか》り付ける女の邪険な声がした。

小籐次は初めて荷船に注意を向けた。

艫《とも》の両舷《りようげん》に立って櫓を漕ぐ二人の男は最前より櫓の扱いが緩やかになっていた。

印半纏《しるしばんてん》を着た男たちからは、並の仕事師ではない危険な匂《にお》いが漂ってきた。

(あの者たちはもしや)

右手の屋敷は摂津《せっつ》尼崎藩の上屋敷から豊後《ぶんご》岡藩の上屋敷へと変わり、見当橋《みとめばし》など二つ三つ橋を潜ると、明石町、南飯田町、豊前《ぶぜん》中津藩の中屋敷に囲まれた、三角形をした大きな船溜まりに出た。

二挺櫓の荷船は、明石町河岸に舫われた二、三百石積みの帆船に漕ぎ寄せられていく。

小籐次は荷船を追い越し、船溜まりを西に向う体で南飯田町の河岸で止めた。振り返って二挺櫓の荷船を見ると、女が娘らしき影を小脇に抱えて帆船に乗り移った。

「帰りたいよ」

娘の泣き声が薄闇《うすやみ》の船溜まりに響いて消えた。

「なんとのう、怪しげじゃな」

小籐次は最前脳裡《のうり》に浮かんだ考えを肯定するように呟くと、どうしたものかと思案した。

（やはり餅は餅屋に頼むしかあるまい）

小籐次は小舟を西に向け、船溜まりの西端に架かる堺橋を抜けた。すると、軽子橋の方角から提灯《ちょうちん》を点《とも》した船がゆっくりと姿を見せた。客の姿はない。船宿に戻る船のようだ。

「船頭さん、どちらに戻られる」

「おれかえ、木挽橋《こびきばし》際の船宿清風までよ」

「すまぬ、頼みたいことがござる」

小舟に小籐次が立ち上がると、船の灯りが顔にあたり、

「頼みってのはなんだい、酔いどれの旦那」

「そなた、わしを承知か。ならば話が早い。難波橋の御用聞き、秀次親分の家に急いで、赤目小籐次が明石町の船溜まりで待っておると知らせてくれぬか」

「御用だな。おまえ様の手柄話はいつも読売で承知だぜ」

小籐次は、酒代だと一朱を渡そうとすると、

「赤目様から酒代がとれるものか。秀次親分の許に即刻ご注進に及ぶぜ。安心しなせえ」

と無償で用事を請け負った船頭が、

「酔いどれ様が赤子を育てていると聞いたが、この子だな。御用に差し支えよう。ついでだ、親分の家まで連れていこうか」

と言い出した。

「頼めるか」

「合点承知之助だ」

「ならば、駿太郎を芝口橋の紙問屋久慈屋に預けてもらえぬか。あとは万事久慈屋の大番頭さんが承知しておられる」

と願い、小舟から船宿の船に籠ごと駿太郎を渡して、小籐次は身軽になった。

船を見送った小籐次は明石町の河岸に戻った。娘を連れ込んだ帆船の傍らを、小籐次はいかにも家路を急ぐ戻り舟の体で通り過ぎたが、もはや娘の泣き声は聞こえなかった。だが、帆船の船倉に大勢の者がいる気配が外まで伝わってきた。

小籐次は難波橋の秀次親分が来るまで無理はするまいと、小舟を帆船から離れた船溜まりの一角に止めた。そこからなら、堺橋を潜ってくる秀次親分らの姿を見ることができた。

四半刻、半刻と時が流れていった。

そして、増上寺の切通しの鐘撞堂《かねつきどう》から打ち出される五つ（午後八時）の時鐘が響いてきた。

その直後、堺橋に、最前用事を頼んだ木挽橋際の船宿の船が滑るように入ってきた。

もはやこの刻限、風は止んで日中の暑さの余波が江戸の町に戻っていた。

小籐次は小舟を揺らしてみせた。すると、四人の人影を乗せた船が小籐次の小舟に船縁を合わせてきた。

「赤目様、お待たせして申し訳ねえ」

「なんのことがあろうか」

と秀次親分に答えた小籐次は、船頭に顔を向けた。

「助かった」

「酔いどれ様、駿太郎さんはたしかに久慈屋に届けたぜ。大番頭さんが、万事呑《の》み込んだから、心おきなくお働きなされと言っていたぜ」

「ありがたい」

と答えた小籐次に、手先の銀太郎が貧乏徳利と丼《どんぶり》を見せて、

「赤目様にはまずこいつだ」

となみなみと丼に酒を注いでくれた。

「話が先ではないか」

「話を聞く間もございますよ。まずは喉と舌を潤しなせえ」

と秀次が笑いかけ、頷いた小籐次は大丼の酒を、

くいっくいっ
と喉を鳴らして飲んで一息ついた。

「もう一杯いかがで」

「話が先にござる」

小籐次は深川で聞いた幼女誘拐《かどわか》しの話から、二挺櫓の荷船から聞こえた女の子の泣き声と言葉を秀次親分らに伝えた。

「本所深川で娘が攫《さら》われるという話は聞いておりましたよ。明石町の船溜まりに一統の潜み暮らす帆船が舫われていようとはね」

「親分、まだ越後屋のおなつ誘拐しの一件とあの帆船が関《かか》わりあるかどうか、はっきりとしたわけではない」

「これまで赤目小籐次様の勘にわっしらどれほど助けられたか。娘誘拐しの一味かどうかは別にして、二挺櫓といい、怪しゅうございますよ」

と応じた秀次が、

「ちょいと思案致しますゆえ、赤目様は酒を召し上がっていて下さいな」

と銀太郎に顎をしゃくった。すると、心得た銀太郎が貧乏徳利を持ち上げて小籐次の空の大丼を満たした。

小籐次が三杯目を飲み干したとき、

「赤目様、ちょいと帆船の様子を見に参りますか」

「ならば親分、わしの舟に乗り移るがよい」

船宿の船より小舟のほうがひと回り小さく小回りも利いた。

秀次が身軽に乗り移り、小籐次は竿を遣《つか》って小舟を出した。どうやら清風の船頭は秀次の御用につき合う気で、落ち着きはらって小籐次の小舟を見送った。

小籐次は音も立てない竿捌きで小舟を帆船に近づけた。すると艫に、煙草でも吸っているのか、ぽおっとした火玉が二つ浮かんでいた。

小籐次は小舟を帆船の裏側に回して煙草の火に接近させた。すると、風に乗って囁《ささや》き声が聞こえてきた。

「このくそ暑い最中《さなか》、三人も娘を抱えているのはお頭、厄介だぜ」

「十蔵、そんなことは最初から覚悟の前だ。今日のは別にして、本所の二人は明日にも親から連絡《つなぎ》が入る。おこうにその仕度をさせておけ」

「合点だ」

「奉行所が本式に動き出す前に、金を摑んで江戸を離れるぜ」

へえっ

と手下が船倉に下りた様子があった。

お頭と呼ばれた影は、しばらく艫に佇《たたず》んで何事か考えていたが、

「越後屋め、孫の命を盆ござの上において駆け引きしやがる」

と吐き捨てると、艫から消えた。

小籐次は小舟を帆船の陰から船溜まりに出した。

「赤目様の勘がまたまた当たりましたぜ」

「親分、三人の娘らがあの船におるのは確かなようだな」

「娘らが怪我をしてもいけねえ。寝込みを襲いましょうか」

「それがよかろう」

猪牙舟に戻った秀次は、猪牙舟に銀太郎一人を乗せて八丁堀の近藤精兵衛の役宅に向わせた。近藤は秀次に鑑札を出している定廻《じょうまわ》り同心、いわゆる、だ。

「旦那」

小籐次の小舟に秀次の手先二人が乗り込み、四人が縦に並んで時を待った。小籐次は蚊の襲来を忘れるために酒をちびちびと飲んだ。だが、却《かえ》って酒の香りが蚊を引き付ける結果になり、茶碗酒を嘗《な》めながら蚊を追い払うのに大わらわにな

った。

捕吏を従えた近藤精兵衛が御用船で船溜まりに姿を見せ、捕り方の陣容はなった。だが、夜半九つ（午前零時）の時鐘まで近藤も秀次も動くのを自重した。

九つの時鐘が尾を引くように江戸の夜空に消えたとき、

「旦那」

と秀次が近藤に出張《でば》りを願った。大きく頷いた近藤が、

「赤目どの、頼む」

と囚《とら》われの幼女三人の命を優先してくれるように願った。

「承知致した」

御用船と小舟は、清風の猪牙舟を残して静かに船溜まりを滑り出した。

御用船は帆船の右舷の真ん中から、小籐次の小舟は左舷の艫から接近すると、同時に帆船に乗り込んだ。

小籐次は最前、お頭と十蔵の二人が消えた艫の上げ蓋の一角に、船倉への梯子《はしご》段があるのを月光に見て、迷いなく飛び込んだ。

船底から鼾《いびき》がいくつも重なって聞こえてきて、帆船の船倉の壁に掛けられた行《あん》灯《どん》の灯りが、魚河岸に並べられた鮪《まぐろ》のようにごろごろと寝込む男女の姿を浮かび

上がらせていた。

船倉にはじっとりとした暑さが淀んでいた。

小籐次は行灯の灯りで三人の誘拐された娘たちの姿を探し求めた。

船倉の真ん中、帆柱を立てる軸受けの大柱付近に三人の娘が寝かせられ、その傍らに女が二人寝入っていた。

小籐次は次直を鞘《さや》ごと腰から抜くと、それを手に小柄な体を機敏に動かして三人の娘に近付いた。

その瞬間、舳先側の出入り口から侵入していた近藤精兵衛と秀次らが強盗提灯《がんどう》を、
さあっ
と照射し、

「南町奉行所定廻り同心近藤精兵衛様の出張りである。神妙に致せ！」

と近藤の小者《こもの》の一人が叫ぶと、寝ぼけ眼《まなこ》で立ち上がった一味の男の頭を捕り物用の長十手で殴り付けた。

小籐次の傍らでは、

「畜生、手が入ったよ」

と言いながら女の一人が飛び起きて胸元から匕首《あいくち》を抜いたが、小籐次が、

「姐《ねえ》さん、止めておけ」

と戒《いまし》めた。すると、

「爺、てめえはなんだ。突き殺すぜ!」

と大口を開いて顔を歪《ゆが》めた女が匕首で突きかかろうとした。

小籐次が次直の鞘尻で女の胸を突くと、女があっけなくも後ろ向きにひっくり返った。

「御鑓拝借赤目小籐次、またの名を酔いどれ小籐次、推参! 大人しくせぬとそなたらの素っ首、来島水軍流の業前で胴から飛ばしてみせようぞ!」

大喝した声が幼女誘拐し一味をひるませ、それに勢い付いた捕り方たちが十手や突棒《つくぼう》で打ちのめし、突きあげた。

小籐次の大声に幼女たちが目を覚まして泣き声を上げかけた。

「しばらくな、おとなしくしておれ。直ぐに騒ぎは済むでな」

小籐次が一転優しい声で幼女らに話しかけ、両腕で三人を抱いた。

小籐次は捕り物の決着がつくまで幼女三人の傍らで見守り、戦いが終わったところで両腕を解き、

「越後屋のおなつはおるか」

と訊くと、呆然《ぼうぜん》と両目を見開いていた娘の一人がこっくりと頷いた。

「おなつもそなたらも、直ぐにかか様のところに戻れるぞ。よう辛抱した」

小籐次の声が船倉に響いた。

第二章　眼首千両

一

次の日、小籐次は独りで小舟に乗り、新兵衛長屋を出ようとした。

昨夜、長屋に戻ったのは八つ（午前二時）の刻限、一刻半（三時間）ほど眠っただけだ。小舟には仕事の道具と駿太郎と小籐次自身の着替えの包みを積んだ。日中、深川で汗を流せればと思ったのだ。

「ふああ」

と力のない欠伸をした勝五郎が、

「酔いどれの旦那、泥棒じゃあるまいし、夜中に戻ったと思ったら、朝っぱらからお出かけか。駿ちゃんはどうしたな」

「久慈屋に預けてあるでな、今から連れに行くところだ」

「なんだ、久慈屋で飲んでいたか」

「そうではない」

と答えた小籐次は、

「勝五郎さんや、仕事は相変わらずないか」

「ねえな。もはや水から上がった鯉《こい》だ」

「ならば、難波橋の秀次親分の許へ参られよ」

「なにか騒ぎがあったか。まさか他所《よそ》の読売屋の後追いネタではないだろうな」

「夜半過ぎ、明石町の船溜まりの騒ぎだ。だれも知るまい」

「えっ、酔いどれの旦那も関わった事件か」

「いかにも」

「それを先に言わねえか」

勝五郎が小舟にどーんと飛び下りてきた。

「乱暴ではないか。駿太郎が乗っていたら堀に落ちていたぞ」

「なにがあったんだ。話を聞かせてくんな」

小籐次は小舟を出すと櫓を握った。

今日も暑い日になりそうな気配で、江戸の内海の奥に上がった陽が芝界隈を斜めに照らし出そうとしていた。

「汗で体じゅうがべとついておるわ」

「そんなことはどうでもいいや。旦那、騒ぎを聞かせてくんなって」

と古浴衣の勝五郎が焦った。

「まあ、偶然といえば偶然、強い風が吹かなければ明石町の船溜まりには迷い込まなかったな」

と前置きした小籐次は、連続幼女誘拐《かどわか》し事件をざあっと語った。

「そんな事件があったんなら、なんで昨夜のうちに話してくれないんだよ」

「夜半過ぎに、眠り込んだ勝五郎どのを起こせるものか。それにこっちもくたくたで、倒れ込むように寝込んだでな」

「秀次親分は話してくれるかな」

「わしからと言えば、そう無下《むげ》な扱いは致すまい」

久慈屋の船着場に小舟を着けると、寝ぼけ眼で河岸道を箒《ほうき》で掃いていた小僧の国三《くにぞう》が、

「来た来た、大番頭さん、酔いどれの旦那が姿を見せたよ！」

と町内じゅうに知れ渡るような声で叫んだ。すると観右衛門が姿を見せて、

「昨夜の首尾はどうでしたな」

と河岸道から訊いた。

「まあ、なんとか無事に三人の娘を取り戻しました」

「それはよかった」

「深川の得意先との約束がござってな、急ぎ戻らねばならぬ。駿太郎を引き取りたいのじゃが」

「赤目様、この暑さの下、二日続けて仕事に連れまわすのはかわいそうですよ。まだ眠っているようだし、うちに置いていかれませぬか」

「世話になってよかろうか」

「世のため人のため、夜っぴて働かれた赤目様ですよ。駿太郎さんはしっかりとお預かり致します」

と観右衛門が請け合ってくれた。そして、勝五郎を見て、

「読売のネタですか。一刻も早く読売屋のほら蔵さんの許に走ったほうがようございますよ、勝五郎さん」

と唆《そそのか》した。

「大番頭さん、酔いどれの旦那の話だけじゃ足りねえや。これから秀次親分の許に聞きに行くところなんだ。酔いどれの旦那、難波橋まで送っていってよ、親分に口を利いてくんな」

と勝五郎が小籐次に迫った。

「致し方ないな」

小籐次は風呂敷包みから駿太郎の着替えを取り出すと、

「国三さんや、駿太郎の着替えを置いておく」

「あいよ」

と国三が風呂敷包みを受け取ってくれた。小舟を久慈屋の船着場から離すと、河岸道に立つ観右衛門が、

「駿太郎さんのことは心配せずに、稼ぎに精を出して下さい、赤目様。読売を楽しみにしていますよ、勝五郎さん」

と叫んで二人を見送った。

小籐次が難波橋に小舟を寄せると、勝五郎がてきぱきと舫い綱を棒杭に縛り付けた。ともかく小籐次を親分の許まで連れていこうという算段だ。

致し方なく小籐次も小舟から離れて難波橋へと上がった。

秀次親分の家では、徹夜の捕り物であった筈なのに、格子戸の嵌《はま》った玄関前はすでに綺麗に掃除がしてあり、打ち水までされていた。

「おや、赤目様、昨晩はご苦労様にございました」

と格子戸の向こうから銀太郎が木桶を下げて外を見ていた。

「銀太郎さん、親分は未だ寝ておられるか」

「今頃は、町内の熊乃湯に浸かってなさるよ」

「湯か。さすがは身嗜《みだしな》みのいい親分のことだ。こっちは昨夜のまま、汗だらけだ」

「赤目様方も湯に浸かっていかれたらどうですかい。今日も暑くなりますよ」

「深川に仕事が待っておってな」

「勝五郎さんはなんだい、鼻をひくつかせていなさるが」

銀太郎の言葉に後押しされたか、勝五郎が小籐次に向って両手を合わせた。

「わしは仏ではないぞ。そう合掌されてもな」

「酔いどれの旦那、湯まで行っておくれよ」

勝五郎に何度も懇願されて小籐次も湯に浸かる気になった。

「よし、なればざあっと湯を浴びて大川を渡るか」

「そうこなくちゃ。もっとも、こっちは湯銭どころか手拭い一本持ってねえし、ぼろ浴衣姿だ。初めての湯屋なのに恥ずかしいぜ」

とぼやいた。

二葉町裏にある熊乃湯の暖簾を潜るのは、小籐次も初めてだった。番台に二人分の湯銭を置くと番台のおかみさんが、

「酔いどれの旦那だ」

と小籐次を承知か、言った。

「秀次親分が湯に入っておられよう」

「ご機嫌な鼻歌が聞こえてきますよ」

「おかみさん、勝五郎どのに手拭いを一本貸してくれぬか」

古浴衣姿の勝五郎に手拭いを借りてやると、二人は脱衣場に上がった。すると、たしかに柘榴口《ざくろぐち》の向こうから端唄《はうた》らしいものが聞こえてきた。

小籐次と勝五郎は着ていたものを急いで脱ぎ捨てると、洗い場でざあっと体の汗を流して柘榴口を潜った。

天井の格子窓から光が差し込んでそれが板壁にあたり、湯にきらきらと反射していた。

湯船の中は秀次一人だった。

「おや、赤目様に勝五郎さんか。用件は分ったぞ」

と秀次が笑った。

「親分、長屋を出ようとしたところで勝五郎さんに出会《でくわ》してな」

「読売のネタをと頼まれましたな」

「そういうことだ」

「勝五郎さん、下手人一味は大番屋に放り込んであってな、まだ吟味方のお調べは始まってねえぜ」

「誘拐しの親玉の名くらい分りませんか、親分」

「それは分る」

「ありがてえ」

「赤目様にまずは昨夜の礼を申し上げ、御番屋でざあっと聞き取った話を報告するからよ、勝五郎さんはそれを聞いていな」

と律儀に秀次が湯の中で立ち上がり、頭を下げた。

「驚いた、裸で挨拶されようとはな。親分、そのようなことより娘三人を親御の許に返されたか」

「ええ、深川富田町質屋越後屋の孫娘のおなつをまっさきに戻し、横川の油問屋の房州屋《ぼうしゅうや》吉五郎の娘のおとよ、小梅村の庄屋田上一右衛門の孫娘のおいちを順繰りに戻したら、夜が明けてましたぜ」

「ご苦労でしたな、親分。それにしても親御は喜ばれたろう」

「狂喜乱舞とはあのことかねえ。酔いどれの旦那の手柄と大いに宣伝これ努めて参りましたから、そのうち、長屋に酒樽《さかだる》が届きましょう」

「そのようなことはどうでもよい」

と答えながら小籐次は、わがことのように安堵した。やはり同じ年頃の駿太郎を育てていることが、そのような感情をもたらすのか。

「秀次親分、誘拐しに遭った娘らの名は頭に刻み込んだぜ」

勝五郎は版木を彫る手順で三人の名を覚えたようだ。

「下手人の身元は分らないのかね」

「神奈川湊と江戸を往復して荷を運ぶ帆船の船主、濱屋省右衛門が頭分だ。なんでも数年前から商いが左前になり、残ったのはぼろ船と船頭と水夫《かこ》らだ。あれこれ稼ぎの算段をしていたが、どうにもあがきがつかなくて、勝手知った江戸の本所深川の金持ちの幼女を誘拐して、着ていた着物の袖なんぞに犬猫の血をつけて親元に送り付け、身代金を強請ろうと画策したんだよ。六人ほど幼女を誘拐し、櫓下の女郎屋十間屋では金を強請りとるのにしくじり、誘拐した娘を水に浸けて殺して女郎屋の店前に放り出したそうな。このことがあったから、横川の回船問屋はすぐに大金を払ったようだ。勝五郎さん、分っているのはこんなところだ」

「親分、助かった」

勝五郎は、

ざぶん

と湯をゆらして湯船から飛び出し、

「酔いどれの旦那、恩に着るぜ」

と真っ裸のまま片手拝みすると、柘榴口を潜って飛び出していった。

「商売となると、どこも大変でござんすね」

「親分は一睡もしておられぬ様子じゃな」

「これから戻って休みますよ。赤目様は炎天下、深川へ出稼ぎですかえ」

「わが家の生業《なりわい》ゆえ致し方ござらぬ」

「騒ぎが落ち着いたら暑気払いを致しましょうか」

「それは嬉しい誘《いざな》いじゃな。その言葉を励みにひと稼ぎして参る」

湯で汗をさっぱりと流した小籐次は、秀次と肩を並べて難波橋まで戻った。

「親分、近藤の旦那から茅場町《かやばちょう》の大番屋にお呼び出しだぜ」

と銀太郎が外出の仕度をして待っていた。

「赤目様、寝るどころじゃないや」

「親分、ならば日本橋川まで送っていこう。この暑さの中、歩くよりよかろう」

「回り道にございましょう」

「なあに、遅れついでだ」

小籐次は玄関先で身仕度を整えた秀次と手先の銀太郎を乗せて、小舟を石垣から離した。


小籐次が深川黒江町の八幡橋下に小舟を舫い、万作親方の作業場に顔を出すと、太郎吉が、

「赤目様、遅かったじゃないか。うづさんが案じていたぜ」

「それは相すまぬ。なにかあったか」

「あったどころじゃないよ。越後屋のおなつちゃんが無事に戻ってきたんだってよ。あのけちの大旦那が素直に身代金を払ったはずもなし、おかしな話だよ」

「無事に返されたのであれば、めでたしめでたしではないか」

「そんな話か」

「太郎吉どの、わしは安兵衛親方のところに参り、道具を預かって参る」

「赤目様、駿太郎ちゃんはどうしてるんですかい」

「二日続けて炎天下の表に連れ出すのはよくないとな、久慈屋どのが預かってくれたのじゃ」

「それはそうだ。赤目様は今日も橋下で仕事ですかえ」

「水辺が涼しいでな」

と言い残した小籐次は、経師屋の安兵衛親方の店を訪ねた。

「ようやく赤目様がお出ましだよ。うちはいつも後回しですな」

と親方に皮肉を言われながらも、

「その代わり丁寧に研ぎ上げますでな」

と応じて陽炎の立つ河岸道を八幡橋下の小舟まで戻った。

小籐次は眠りの足りない体ゆえ、慎重に刃先を研いだ。

単調な仕事だ、つい眠気が襲ってきた。

小籐次はその度に堀の水で顔を洗い、眠気を吹き飛ばした。

どれほどの時間が過ぎたか、水面に、

「赤目様！」

と叫ぶうづの声が響き渡った。

小籐次が顔を上げると、菅笠をかぶったうづが、百姓舟から積み荷の野菜を流れに振り落とさんばかりの勢いで櫓を漕ぎ、こちらに向ってきた。その声を聞き付けた太郎吉が作業場から飛び出してきて、

「うづさん、どうした、なにがあった！」

と怒鳴り返した。

うづの舟は八幡橋下で待ち受けた太郎吉に舳先を受け止められて、ようやく停まった。

「慌ててどうしたんだ、うづさんよ」

「太郎吉さん、知っているの」

「なにを」

「越後屋のおなつちゃんを取り戻したのは赤目様だってことをよ」

「なんだって」

「越後屋近くに振り売りに行ったら、越後屋の前に近所の人が集まって大騒ぎし

ているじゃない。なんでも赤目様が明石町の船溜まりで難波橋の親分と一緒に、おなつちゃんを誘拐した一味を大立ち回りの末に一網打尽にしたって話よ。ほんとうなの、赤目様」

「まあ、そういうことかのう」

「冷たいぜ。そうならそうと教えてくれたらいいじゃねえか」

太郎吉とうづが小籐次を責め立てた。

その様子を万作が河岸道の上から見ていたが、

「太郎吉、うづさん、そこが赤目小籐次様の奥ゆかしいところよ」

と言った。

「親父、それはそうだがよ、ちっとくらい洩らしてくれてもいいじゃねえか。それにしてもうちを出たのが六つ（午後六時）過ぎだぜ。一体全体どこで悪党と出会したんだよ」

太郎吉の問いに万作も橋下まで下りてきて、話を聞く構えを見せた。

小籐次は安兵衛親方の道具を研ぎながら、ぼそぼそと昨夜の捕り物の顚末《てんまつ》を語った。

「そいつは大手柄だぜ。また読売が赤目様のことを書き立てるな」

「勝五郎さんが張り切っておるで、今日にも読売が売り出されよう」

と小籐次が答えたとき、蛤町裏河岸の方角から鉦《かね》、笛、太鼓の調べが響いてきた。胴中に羽織袴《はかま》の人物が座り、鳶の衆が乗った新造の船がこちらにやってくる。

「越後屋の大旦那様よ」

「うづさん、越後屋が夏祭りの音頭取りか」

「太郎吉さん、違うわよ。赤目様にお礼言上《ごんじょう》に見えたのよ」

「あのけちがか」

と万作が思わず洩らした。

お囃子《はやし》方を乗せた船が八幡橋下に止まった。

「赤目小籐次様にございましょうか」

羽織袴姿の越後屋の大旦那光右衛門が、船の床に正座して小籐次に言いかけた。

「いかにも赤目小籐次にござるが」

「私は富田町の質屋越後屋の主《あるじ》光右衛門にございます。こたびは孫娘おなつの命をお助け頂きまして、お礼の言葉もございません」

「越後屋の旦那どの、おなつちゃんは元気かのう」

「はい。五体に怪我ひとつなく救い出されたのは、偏《ひとえ》に赤目様のお蔭と難波橋の秀次親分が申されました」

「あれは偶々《たまたま》のこと、お気遣いあるな」

いえ、そうはいきませぬ、と光右衛門が言うと、

「これはほんのお礼の気持ちです。赤目様、些少《さしよう》にございますが、お納め下さい」

と三方《さんぼう》を恭《うやうや》しく差し出した。

「越後屋どの、それがし、そのようなお礼は」

という傍《そば》から太郎吉が、

「越後屋さんの気持ちだ。納めたほうがいいよ」

と袖を引いた。

「そちらの男衆が申されたとおりにございます」

とさらに目の前に三方を突き出され、小籐次はくしゃくしゃの奉書紙の包みを受け取った。すると、光右衛門がにっこりと笑い、

「赤目様、それで宜《よろ》しゅうございます」

と自ら三本締めをした光右衛門の船は、鳴り物とともに八幡橋から消えていった。

ふうっ

とうづが息を吐いた。

「驚いたぜ。舌を出すのも嫌だというあの大旦那が金包みを持参したなんてよ」

と呟いた太郎吉が、

「赤目様、ちょいとその包み、調べさせてもらっていいかえ。贋金《にせがね》かもしれないからな」

とまだ片手にある包みを太郎吉が摑み、奉書紙を開いた。すると、そこに一朱一枚があった。

「おっ魂消《たまげ》た」

と太郎吉が叫び、

「孫娘の命の助け料がなんと一朱だと。それに包みは書き古しの紙だよ」

と呆然と呟いた。

二

小籐次が経師屋の安兵衛親方の道具をほぼ研ぎ終わろうとした刻限、河岸道か

ら女衆の顔が覗き、

「酔いどれ様よ、うちの菜切り包丁を研いでくれるかね」

「うちの出刃包丁の刃が欠けて切れが悪いんだけど、研ぎ代はいくらだね」

などという声がかかった。

「研ぎ代など気に致すな」

「酔いどれ様は他人の子を育てているそうじゃないか。子供は意外に費《つい》えが要るもんだよ。長屋の包丁を五本まとめたんだけど、百二十文ではだめかねえ」

「よいよい、持ってきなされ」

小籐次が答えると、初めての顔が三人ぞろぞろと石段を下りてきて、

「おや、子供はいないのかい」

と中の一人が訊いた。

「二日続けて炎天下を連れ回すのはどうかと言って、芝口橋の久慈屋さんが面倒を見てくれておるのだ」

「そりゃ、惜しいことをした」

「どうした」

「坊にふかし芋を持ってきたんだがね」

「ならば研ぎ代にふかし芋をもろうておこうか」

「そうはいかないよ」

と女が懐から薩摩芋を一本出した。

「酔いどれの旦那、越後屋の孫娘を助けたんだって」

「行きがかりでな」

「派手な祭り船を仕立てて礼に見えたってね」

「そうじゃな」

小籐次は女たちが持参した包丁を調べた。

「だいぶ使い込んだな。研ぎ終わるには半刻はかかるぞ」

と小籐次が言ったが、女衆は帰る様子はない。若い一人など石段下に腰かけて素足を堀の水に浸し、

「ひやっこくて気持ちがいいよ」

と落ち着く構えだ。

「太郎吉さんに聞いたけど、孫の命のお助け料がなんと一朱だってね。そんなんじゃ、持ってこないほうがよほどすっきりするよ。あの因業《いんごう》じじい、私らが質種《しちぐさ》持ち込んでもじろりと見て、およねさん、この時分に綿入れの質入れかね、うち

の蔵は簞笥《たんす》じゃありませんよ、こちらが預り料を頂戴したいくらいだ、なんてさ、嫌味をさんざ言って、まともに貸してくれたことなんてありゃしないんだ」

「だからさ、酔いどれ様もあと二、三日、あの越後屋一家を苦しめておけばよかったんだよ」

「これこれ、それではわしが孫娘を誘拐《かどわか》したようではないか。なんにしても幼い子に罪はないでな」

「それにしても分限者ってのはしみったれなもんだね」

「おとくさん、そのうちさ、きっと天罰が下るよ」

女たちが橋下の日陰でお喋《しゃべ》りするのを聞き流しながら、五本の包丁に粗砥をかけ、欠けた刃先を整え直すと、中砥で新たに刃の下地を作り、最後に仕上げ砥で研ぎをかけて切れを蘇《よみがえ》らせた。さらに柄ががたついた包丁は、柄を竹ひごで締め直してがたつきを直した。

「よし、これでよかろう」

堀の水で砥石の粉を刃先から落として水を切り、女衆に返した。すると、三人の姉さん株が紐で結んだ銭百二十文を小籐次に渡した。

「もらっていいのか」

「金持ちからまともな礼金は受け取れないうえ、私ら貧乏人から研ぎ代を値切られたんでは、おまんまの食い上げだよ。こんなところで勘弁しておくれな」

「有難く頂戴致す」

と百二十枚を通した紐の銭を懐に入れた。

女衆が賑やかに去り、橋下でし残した安兵衛親方の道具に研ぎをかけて小籐次の一日が終わった。研ぎ上がった刃物を布に包み、橋下から石段を上がると、さしもの炎暑も和らぎ、海から夕風が吹いていた。

太郎吉が作業場の前に打ち水をしていた。

「太郎吉どの、越後屋の礼金の話は他人様《ひと》にあまり言わんでくれ。越後屋には越後屋の事情があろうからな」

「赤目様、櫓下の女郎屋の娘は身代金を断わって命を絶たれたんだよ。越後屋だっておなつの命がどうなったか知れないんだ。それを、あれぽっちの金で済まそうなんて、その了見が許せないよ」

太郎吉の怒りは収まりそうにない。

「安兵衛親方のところに行って参る」

小籐次はそう言い残して経師屋に向った。

深川界隈が日暮れを迎えて蘇り、通りや水面の往来が急に賑やかになっていた。炎暑の間、家の中でひっそり息を殺していたのだろう。

安兵衛親方のところでも、職人らが打ち水をした表に縁台を出して夕餉前の一服をしていた。

「赤目様、造作をかけましたな」

と湯浴《ゆあ》みでもしたか、さっぱりした顔付きの安兵衛が煙草盆を提げて姿を見せた。

「今日は早仕舞いかな」

「この暑さ、糊《のり》の乾きはいいんだがよ、なにしろ人間様がうだってどうにもならないや。仕事も少ないし、いつもより早く上がったのさ」

と涼しげな甚平を着た親方が縁台に腰を下ろし、

「赤目様も一服していって下せえ」

と縁台を差した。

「まずお道具の点検を願おうか」

「酔いどれの旦那の仕事に狂いはあるものか。だれか、赤目様から道具を受けとってくれ」

と命じ、職人の一人が受け取った。

「赤目様、この暑さの中、よう仕事をなされたな」

と用意していた紙包みを渡してくれた。

「親方、ちと過分ではないか」

「越後屋の分を助けるほどは入ってませんよ」

「親方も承知か」

「鳴り物入りで八幡橋下に乗り込んで一朱たあ、前代未聞の話だね」

憤慨した太郎吉が安兵衛親方に告げたか、

「けちもあそこまで行くと芸だね」

と妙な感心の仕方をした。

「お父つぁん」

と声がして小柄な女が徳利と茶碗を持ってきた。白地の浴衣が似合いの若嫁といった風情だ。

「おや、親方の家にはこのような娘御がおられたか」

「仙台堀の米屋の陸奥屋《むつや》に嫁にいったおかよですよ。赤目様は初めてでしたかね」

おかよがぺこりと頭を下げて、

「お父つぁんが世話になっております」

と言った。

「世話になっておるのはこちらでな、上得意様だ」

「あらあら、うちが上得意だって」

と笑ったおかよが小籐次に茶碗を持たせて、

「伊達《だて》様のご領内で造られるお酒だそうです。燗酒《かんざけ》より冷やが美味しいんだそうで、うちの人がお父つぁんに持っていけとくれたの」

「親父様の飲み料を先に頂戴するとは罰あたりじゃな」

と言いながらも小籐次は、まだ初々《ういうい》しい娘の風情を残したおかよから酌をしてもらった。

深川を東西に貫く仙台堀の由来は、仙台藩伊達家の蔵屋敷が大川の合流部の北側にあったためだ。

初代藩主の伊達政宗は、人口が急増し、一大消費地になりつつある江戸に米を売れば利が上がることに着目し、積極的に新田開発に努め、年貢以外の余剰米を買い付ける買米《かいまい》制を奨励した。ために寛永九年（一六三二）には、

「今年より奥州仙台の米穀初めて江戸へ廻る。今に江戸の三分の二は奥州米の由なり」

という活況を呈することになった。

仙台からの江戸廻米を目当てに、蔵屋敷の周辺の仙台堀沿いには米問屋が櫛比《しっぴ》していた。おかよが嫁に行った陸奥屋もそんな米屋の一軒なのだろう。

「親方、馳走になる」

安兵衛と小籐次は酒の香りを存分に楽しんだあと、口に含んだ。なんとも芳《ほう》醇《じゅん》でいて爽《さわ》やかな口当たりだ。舌先に酒精を転がしてから喉に落とすと、喉ごしがまたよかった。

「おかよさん、かような酒は初めてじゃ。美味にござる」

小籐次の顔に満面の笑みが広がった。

「嫌なことはさっぱりと忘れるような酒だぜ、おかよ」

「なにか嫌なことがあったの、お父つぁん」

「なあに越後屋の一件さ」

「ああ、太郎吉さんが怒って話していったことね。でも、越後屋さんの強欲は今に始まったことじゃないわ。赤目様に一朱差し出したなんて後世の語り草かもよ」

とおかよが笑った。

「なにっ、わしが頂戴した一朱はさほどに貴重か」

「まあ、他所様の百両分ね」

小籐次は思わず懐を探って奉書包みを出した。

「えっ、そいつが光右衛門旦那の一朱かえ。赤目様、こいつには手をつけずに大事に取っとくのがいいよ。後々価値が出るかもしれないぜ」

「親方、相分った。越後屋のような分限者になるべく神棚に上げてとっておこう」

新兵衛長屋の部屋には、小さいながら芝神明社のお札が祀《まつ》られた神棚があった。

おかよが笑い出した。

「赤目様がお金持ちになるなんて、まず無理ね」

「まあ、ないな」

と安兵衛親方も請け合った。

「赤目様、越後屋の他に本所の大店でも二軒ほど、娘が誘拐しにあったというじゃない。そちらからなんぞお札はきたの」

「幼い子が行方知れずになったのじゃ。それどころではあるまい」

「それはおかしいわ。大事な孫や子の命を救ってくれた恩人に、まずお礼を言いに来るのが人間の筋というものじゃない。ねえ、お父つぁん」

「おかよ、そうなると越後屋の所業も捨てたもんじゃないってことになるな」

「あらあら、越後屋の株が一朱で上がったわ」

　と言うおかよに、

「おめえのところも子を攫われないように気を付けるんだぜ」

「お父つぁん、赤ちゃんが生まれるのは来春のことよ」

「おかよさん、おめでたか」

「はい。そのことを告げに家に戻ったところです」

「それは真《まこと》にめでたい。そなたの顔には幸せが滲《にじ》み出ておる。末永く夫婦円満にな」

「はい」

　と応えたおかよが、

「太郎吉さんに幸せをもたらしてくれたのは、赤目様だそうですね」

　と話柄を変えた。

「うづどのとの縁を取り持ったということか」

「はい」

「男と女は不思議なものよ。だれが口出ししなくとも落ち着くところに落ち着く。太郎吉どのとうづどのも前世から縁があったのじゃ」

「知らないどうしが知り合うにはどなたかの手が要ります」

「そなたと亭主はどう出会うたな」

おかよが二人の茶碗に新たな酒を注いでくれた。そして、どこか遠い昔を思い出す表情で、暗くなった堀の水を見た。

灯りを点した船が小籐次たちの視線の先を通り過ぎて、提灯の灯りが水面にきらきらと映じていた。

おかよが小籐次に視線を戻した。

「お父つぁんの知り合いの船大工の棟梁《とうりょう》が口を利いてくれたんです。会ったのが二年前、私が十七の夏でした」

「一年後に祝言があって、おめえがこの家を出ていった」

安兵衛親方がどこか寂しさを湛《たた》えた言い方で口を利いた。

「祝言の夜のことです。澄一郎さんが私を昔から知っていたと言い出したんです」

「どういうことだ、おかよ」

安兵衛が娘に訊いた。

「お父つぁん、私が四つの頃、迷子になったことがあったわね」

「おお、思い出した。松村町の妹の家に遊びに行って、夕暮れに姿を消したんだったな。あんときも神隠しにあったんじゃないかと、町内の人が堀端を提灯を点して探し歩いたっけ」

「私、叔母《おば》さんの家からうちに戻ろうとしていたんだと思うわ。だけど、気が付いてみたら見ず知らずの堀端にいた」

「そんなおめえを六つ七つくらいの男の子が見付けて、うちの町内まで届けてくれたんだったな」

「お父つぁん、名前もなにも知らなかったそのときの男の子が、今の私の旦那様だって信じられる」

「おい、あんときの恩人がおめえの亭主か」

頷いたおかよが、

「それから十数年が過ぎ、私が富岡八幡様のお宮参りに行く姿を認めて、あっ、あんときの娘だって直ぐに分ったそうよ」

「驚いたぜ」

と安兵衛が呟いた。

「親方、おかよさん、かくの如く男と女は前世から結ばれることが決まっているものなのじゃ」

小籐次の言葉に父と娘は黙って頷いた。そして、

「驚いたぜ」

とまた親方が繰り返した。

「驚くにはあたるまい。澄一郎さんとおかよさんは、だれがなんと申そうと一緒になる縁であったのじゃ」

「赤目様、世の中には互いに惚《ほ》れ合っても一緒になれない人たちもいるわ。それは前世からの縁がなかったということですか」

「さあてのう、あったのやもしれぬ。じゃが、お互いがお互いの心を素直に受け止めずに、結ばれていた糸を自分たちがこんがらかせてしまったのであろう」

「私たちは素直に運命《さだめ》を受け入れたということなのね」

「そういうことだ、おかよさん。だから、その縁は大事にせねばならぬ。時に運

命は気まぐれで、悪さをするでな」

小籐次の言葉におかよが素直に頷いた。

「さあて、涼しくもなった。駿太郎を久慈屋に迎えに参らぬと、わが父子の縁も切れてしまうわ」

と言うと、茶碗に残った酒を飲み干し、ご馳走に相なったと礼を言って立ち上がった。

「赤目様、仙台堀の陸奥屋に一度顔を出して下さいな。姑《しゅうとめ》様に台所の包丁の研ぎを頼んでみるわ」

「有難い。そのうち、ふらりと参る。その折、そなた様はどちら様でなどというて追い返さんでくれ」

「天下の酔いどれ小籐次様を無下に追い返す人なんて、この江戸じゅうを探したっているものですか」

と答えたおかよにもう一度酒の礼を述べて、八幡橋へと向った。

涼を求めてどの店も縁台を出し、酒を飲み、中には表で夕餉を食しているところもあった。蚊やりの煙が深川の堀端に漂っていた。

「遅かったな」

と太郎吉が小籐次を迎えた。

万作の家の前にも縁台が出て、親方が煙草を吸っていた。

「おかよさんと話し込んでな。遅うなった」

「おかよ坊は里帰りかえ」

「親方、来春には子が生まれるそうじゃぞ」

「なんだ、そんなことか。おかよちゃんの顔付きがふっくらして、いつもと違うと思ったぜ。あの泣き虫のおかよが来年には母親だと」

と太郎吉が言った。

「次はどこかの二人じゃな」

「どこかの二人って」

と太郎吉が惚《とぼ》けた。

「そのように惚けておると、来る娘も来なくなるぞ、太郎吉どの」

「だ、駄目だよ、そんなこと」

悲鳴を上げる太郎吉と、それを見て苦笑いする万作親方に、

「駿太郎を迎えに久慈屋に立ち寄る」

と言い残して、河岸道から小舟の舫われた橋下に下りた。

「酔いどれ様、気を付けて大川を渡るんだぜ」

分った、と太郎吉の声に答えながら、小籐次は、

「今宵《こよい》は食い気より眠気じゃな」

と呟き、懐の中に蒸《ふ》かした薩摩芋があることを思い出した。

三

久しぶりに小籐次は朝寝をした。

五つ（午前八時）の刻限か、お夕が閉め切られた腰高障子をそっと開けて九尺二間の長屋を覗き、

「あら、駿太郎ちゃん一人が起きているわ。いらっしゃい、お姉ちゃんのところに」

と声をかけ、小籐次が眠り込む傍らで目覚めていた駿太郎を呼んで抱き上げ、

「赤目様、駿太郎ちゃんを連れていきますからね」

と声を残した。

「お夕ちゃん、たのむ」

小籐次は寝ぼけた声で応じ、また眠りに落ちた。次に小籐次が目覚めたときはすでに陽は中天にあった。

ふあぃ
と寝床の中で伸びをした小籐次は、

「よう寝たわ」

と自らの体に言い聞かせると、手拭いをぶら提げて部屋の戸を開けた。すると、久慈屋の家作の裏庭の木陰で、勝五郎が縁台に腰掛けて煙草を吹かし、茣蓙《ござ》を敷いたところに新兵衛と駿太郎を座らせてお夕が面倒を見ていた。

「お夕ちゃん、相すまぬ」

「いいんです。おじいちゃん一人を相手にしているより、駿太郎ちゃんが一緒のほうが気も紛れるし、おじいちゃんも喜ぶんです」

「こうやって見ていると、新兵衛さんと駿ちゃんの二人は、まるで兄弟だな。それも駿ちゃんが兄貴分だぜ」

とお夕の言葉に勝五郎が応じて、

「酔いどれの旦那にいい話があるんだよ」

「しばし待たれよ、厠に行って参るでな」

長々と小便をした小籐次はついでに井戸端に行き、汲《く》みおかれた日向水《ひなたみず》で顔を洗い、さっぱりした。

「勝五郎どの、今日はのんびりしておられるな」

「おうさ、酔いどれの旦那のネタでひと稼ぎさせてもらったからな」

「そのようなことがあったかな」

「これだ。いくら暑いからって、しっかりしてくんな。そうでねえと、うちの長屋にもう一人新兵衛さんができあがるぜ」

「ふたり新兵衛か、悪くないな」

「止めて、赤目様。おじいちゃんの世話だけで十分よ」

「そうか、お夕ちゃんに面倒をかけることになるか」

勝五郎が得意げな顔をして紙に包んだものを小籐次に差し出した。

「なんだな、これは」

「些少ながら、ふだんお世話になっている礼だ」

「勝五郎どのから礼を頂戴するようなことがあったか」

「おれじゃねえよ。読売屋のほら蔵が酔いどれネタは売れ行きがいいとご機嫌で、おれの手間賃にも色を付けてくれてよ、誘拐《かどわか》し騒ぎの読売が完売した謝礼を、ネ夕元の旦那に渡してくれと言われて預かってきたんだよ」

「そうか。本所深川での誘拐し、読売にしたのであったな」

「おうさ。ほら蔵が健筆をふるい、おれが一気に版木を彫り上げて、刷りに回し、江戸じゅうで売りさばいたんだ。川向こうの話だから、売れ行きはどうかなと案じていたが、さすがに酔いどれの名はまだ生きているぜ。ささっ、受け取りなって」

とご機嫌な勝五郎が小籐次の手に包みを握らせた。

「頂戴してよいのかのう」

「大して入ってねえって。おれの手触りじゃ、一朱が二枚だな」

「そいつは豪儀じゃな」

「職人の日当一日分にも足りねえや」

「勝五郎どの、一枚何文かで売る読売の上がりから二朱を出すのは大変じゃぞ。越後屋に比べたら大盤振る舞いだ」

「なんだ、越後屋に比べたらって」

「これはつい口が滑った。内緒であったわ」

「そこまで洩らして内緒はないぜ、最後まで喋りなって。近頃、すっぽんの勝五郎って異名をとる酔いどれ番のおれにかかっちゃ、万事休すだぜ」

「ならば、ここだけの話だ」

と断わって、小籐次は越後屋の光右衛門がおなつの身を助けてくれた礼だと、新造船で囃子方まで乗せて一朱を持参した話をした。

「こいつは驚いた。孫の助け料が一朱とは、しみったれにも程があるぜ。江戸っ子の面汚しだ」

「ともかく、空蔵さんの二朱は十分過ぎる額なのだ」

と応じた小籐次は、

「お夕ちゃん、手を出してくれぬか」

と駿太郎を遊ばせるお夕に手を出させて、その掌《てのひら》に包みをのせた。

「あらっ」

「お夕ちゃんがよう新兵衛どのと駿太郎の面倒を見てくれるでな、お小遣いじゃ」

「読売屋さんからもらった大切な二朱でしょ。それを私がもらっていいの」

「それがしは越後屋さんからもろうた。それはお夕ちゃんのものだ。おっ母さんに話して浴衣でも誂《あつら》えてもらうがよい」

有難う、と頭を下げたお夕は茣蓙から立ち上がると、

「駿ちゃん、待っててね」

と言い残し、木戸口に向ってどぶ板の上を飛んでいった。

「いくら銭が入っても、それじゃ笊《ざる》で水を汲むようなものだぞ。じゃじゃ洩れで溜まりはしないぜ」

「お互いにな」

堀留の向こうにお囃子の調べが響いた。

「なんだえ、夏祭りにしては時節外れじゃねえか」

と勝五郎が伸びあがった。

紅白の幕を張り巡らした船の真ん中に、四斗樽が三樽積み上げられ、その前に二人の羽織袴の旦那が立ち、揃《そろ》いの法被《はっぴ》の若い衆が乗り込んで景気を付けていた。

その船に随伴するように久慈屋の小舟が寄り添い、こちらは番頭の観右衛門が乗り、船頭は小僧の国三だった。

「一体全体、何事だえ」

二艘の船が堀留の石垣の近くに止まり、お囃子が止むと、羽織袴の年寄りのほうが縁台から立ち上がった小籐次に呼びかけた。

「赤目小籐次様にございますな」

「いかにも赤目小籐次にござる」

小籐次は継ぎのあたった寝巻姿で返答した。

「私、小梅村の庄屋田上一右衛門にございます。隣りに控えまするは」

「本所横川の油問屋房州屋吉五郎にございます」

と壮年の羽織が声を合わせ、

「こたびは房州屋の娘のとよ、この一右衛門の孫娘いちの命をお助け下さいまして、真に有難うございました」

と一右衛門が口上を述べ、吉五郎ともども船上から深々と腰を折った。

「それはまたご丁寧に」

と小籐次が返答しようというのを勝五郎が寝巻の袖を引っ張り、

「相手の口上は終わってねえよ、旦那」

と黙らせた。

「赤目様、お礼が遅れましたことをお詫《わ》び申します。と申しますのもこたび、赤目様に救い出された三家合同でお礼に伺おうと越後屋さんを誘いますと、うちではとっくに応分の礼をしましたとのご返答にございましてな。そこで房州屋さんと話し合い、二家でお礼に参上致しました」

「それはわざわざご丁重なことにござる」

「江都に知れ渡った御鑓拝借の赤目様は大の酒好きと聞きましたので、新川筋の酒問屋から灘《なだ》の下り酒、三樽を仕入れて参りました。お納め下さいまし」

「田上一右衛門どの、房州屋吉五郎どの、いかにそれがしが酒好きとは申せ、四斗樽三つは多うござる。気持ちは十分に頂戴致すゆえ、一樽にしてもらえぬか」

小籐次の返事を聞いた勝五郎がさらに袖を引っ張り、袖の縫い目あたりがびりびりと音を立てて破れた。

「赤目様、子や孫の命を金銭で購《あがな》うことはできませぬ。一右衛門様と話し合い、四斗樽三つ、都合一石二斗の酒と、お礼の金子、お納め下さい」

と吉五郎が口上を述べ終わると、船が石垣に寄せられ、若い衆が四斗樽を長屋の裏庭に運び上げ始めた。

堀留にどよめきが起こった。

新兵衛長屋はいうに及ばず、芝口界隈の裏長屋の住人がこの光景を呆然と見守っていたのだ。

「驚いた」

小籐次は久慈屋の大番頭を振り返り見た。すると、にこにこと笑った観右衛門が、

「ご両家のお気持ちでございますよ。快くお納めなされませ」

と言った。

三方に載せられた袱紗《ふくさ》包みの包金二つが吉五郎の手で差し出された。

「これは困った」

と小籐次が呟くと、勝五郎が、

「山吹色《やまぶきいろ》が新兵衛長屋に舞い込んでくるなんぞ、滅多にあるもんじゃねえ。旦那、早く受け取らねえか」

と自分の手を小籐次の手に添えて、

「房州屋の旦那、ありがたく頂戴しますよ」

と受け取らせた。すると、傍らから一右衛門が朱塗りの大杯を捧げ持って、

「これはわが家に代々伝わる四升入りの酒杯にございます。天下の酔いどれ様に口を付けて頂ければ、家宝になろうかと存じます。どうかこの大杯で下り酒、賞味して頂けませぬか」

「四斗樽といい、包金といい、過分にござる。いかにもこの赤目小籐次、酒好き

が世に喧伝《けんでん》されております。酒飲みが芸とは情けなき次第ながら、ご両家の孫娘のおいちどの、娘御のおとよどのの無事と長寿を寿《ことほ》ぎ、それがし、一杯だけこの場で頂戴仕《つかまつ》る」

若い衆が景気よく鏡板を打《ぶ》ち抜き、用意していた大柄杓《おおびしやく》でなみなみと下り酒を注いだ。すると、新兵衛長屋に酒の香りが漂った。

ごくり
と勝五郎が喉を鳴らした。

四升が注がれた大杯が、若い衆二人の手で静々と運ばれてきた。

小籐次は袱紗包みを寝巻の懐にねじ込み、大杯に両手をかけると、まず鼻孔を膨らませ、酒の香りをいっぱいに吸い込んだ。

「これは堪《たま》らぬ」

小籐次の顔が思わず弾《はじ》けて、笑みが洩れ、今一度、

「田上家、房州屋ご両家様の弥栄《いやさか》を願って頂戴致す」

と言うと、大杯の縁に口をつけた。

若い衆が大杯を傾けた。すると、
すいっ

と小籐次の口に灘の銘酒が流れ込み、

くいくいっ

と喉が鳴るたびに少しずつ大杯の底が持ち上げられ、大勢の見物人の注視の中で、ついに大杯が立てられ、小籐次の顔がすっぽりと隠れた。

その姿勢のままに小籐次は酒の余韻を楽しむようにしばらく止め、両手に持った空の大杯を悠然と元に戻した。

陽に焼けた小籐次の顔がほんのりと朱に染まり、最前にも増して満面の笑みが零《こぼ》れた。

「甘露にございましたぞ、一右衛門どの、吉五郎どの」

見物人から歓声が一斉に起こり、小籐次が空の大杯を一右衛門に返すと、

「馳走にござった。ご返却申します」

「赤目様、この田上一右衛門、生涯そなた様のご恩は忘れませぬ」

と大杯を恭しく受け取り、若い衆が船に戻るとお囃子が再び鳴り始めて、ゆっくりと堀留から遠ざかっていった。

わあっ！

というどよめきが起こった。

「酔いどれ様よ、この酒、どうするんで」

と勝五郎がお伺いを立てた。

「まず一樽は、難波橋の親分の家に届けよう。もう一つは、普段世話になる久慈屋さんにもろうてもらおう。飲みきれぬでな」

と小籐次が観右衛門を見た。

「赤目様の上前をはねるようですな。ですが、いつお見えになっても飲めるように、うちでお預かりしておきましょうかな。勝五郎さんが仕事もせずに酒ばかり飲んでもいかんでな」

と観右衛門が承知し、

「ならば、二樽を国三さんの猪牙舟に積もうか」

「なんだい。四斗樽が三つもあったのは一瞬の間か」

「勝五郎どの、鏡板を割った酒は見物の皆様方と分け合いましょうかな。皆の衆、なんぞ器を持って新兵衛長屋に参られよ」

と小籐次が呼びかけると、三度めのどよめきが芝口新町の堀留に起こった。

「おっ母、貧乏徳利を持ってこい。いや、鍋でも釜でも、ありったけのものを持ってくるんだ」

と勝五郎が張り切った。

「勝五郎さん、酒より肝心なことを忘れておいでではないかな」

と観右衛門が言い出した。

「なんだい、大番頭さん」

「この話、ほら蔵さんの手に掛かれば、なかなかの読売になると思いますがね」

「おっと、そのことを忘れていた。おっ母、うちの分をちゃんと取っておくんだぜ」

と言い残すと、脱兎《だっと》のようにどぶ板を鳴らして木戸口から飛び出していった。

小籐次は昼間から四升を飲み干した頭で、

(空蔵どののことじゃ、越後屋の顚末を上手《うま》く書いてくれよう)

と考えていると、二つの四斗樽を積んだ小舟から観右衛門が、

「赤目様、たまには朝寝に昼寝もいいものですよ」

と大酒を飲んだ小籐次の身を案じた。

「その四斗樽、大番頭さんと国三さんにお頼みしてようござるか」

「ちゃんと難波橋の親分に届けますよ」

「願おう」

小籐次は観右衛門の忠言に従い、部屋に戻り、二度寝を楽しむことにした。すると、木戸口の向こうから、どやどやと大勢の男女が徳利やら大丼を持って新兵衛長屋に傾《なだ》れ込んできた。

「ささっ、並んで並んで。一人でも多くの人に配るために、一人あて五合とするよ」

とおきみの張り切った声がした。勝五郎がいなくなったため、どうやら女房連が四斗樽の酒配りを仕切ることにしたらしい。

小籐次は長屋の騒ぎを背に、また寝床に戻った。昼酒が体じゅうに回り、陶然としてきた。そして、寝床に身を横たえると、

すとん

と眠りに落ちた。

「じじ、じじ」

という駿太郎の声に目を覚ますと、陽の傾き具合から夕暮れ前だと分った。

お夕が土間に立って小籐次を見ていた。

「赤目様、みんなが待ってますよ」

「おや、みんなとはだれじゃな」

久方ぶりに長い刻限熟睡し、体が蘇生《そせい》した気分だ。

「気分が悪いの」

「いや、なんとも爽やかでな、若返ったようじゃ」

新兵衛長屋の梅の木の下は宴《うたげ》の場と化していた。

勝五郎の姿はすでにあって、長屋の亭主連中も仕事から戻り、四斗樽を囲んでいた。女衆は家の菜を持ち寄り、子供らは茣蓙の上で嬉しそうに夕餉を食べていた。

「おお、賑やかじゃな」

「酔いどれ様よ、四斗樽っていいね。飲んでも飲んでもまだあるぜ。おりゃ、極楽に行ったようだ」

と勝五郎の呂律《ろれつ》はすでに回らなかった。

新兵衛一家は婿の桂三郎、お麻、お夕に新兵衛と、四人が顔を揃えていた。その中に駿太郎も家族のような顔で混じっていた。

「あの話は読売にならなかったか」

「どうしてどうして」

と読売屋の空蔵が小籐次に声をかけてきた。

「おや、空蔵さんも見えておったか」

「勝五郎さんの話には曖昧《あいまい》なところがございましてな。一度、赤目様に念を押したうえで、腕によりをかけることに致しました」

「なに、わしから話を聞こうというのか」

「まあ、赤目様がお礼に頂戴なされた四斗樽の酒を飲みながら、ゆるゆるとお尋ね申します。このネタは一日一刻を争う話じゃございませんでな、あれこれと工夫をせねばなりますまい」

と言うと、

「赤目様、まずは目覚まし代わりに一杯」

と茶碗を持たせて、柄杓で樽酒を注いでくれた。

四

翌日、小籐次は久慈屋に仕事場を設けることにした。

一日、仕事を休み、十分に睡眠を摂《と》り、酒を頂戴したせいで、小籐次の顔はつやつやに光り、瑞々しくさえ見えた。

久慈屋の掃除が終わった刻限、小籐次一人が小舟で芝口橋に向い、店に顔を出すと、大番頭の観右衛門が、

「新兵衛長屋は時ならぬ大宴でございましたそうな」

とすでに事情を承知か、笑いかけた。

「大番頭どのの忠告に従い、昼寝を致し、駿太郎に起こされてみると早や夕暮れ前。庭先では長屋じゅうが樽を囲んで大騒ぎにござった」

「じゃそうですな」

「それがし、存分に休養をとったせいで英気十分にござる。本日、こちらで店開きしてようござるか」

昨夕、小籐次は空蔵の問いに答えながら、茶碗酒を一、二杯ちびちび飲んだ程度で、焼き茄子《なす》を入れたごま垂れ汁で冷やしうどんを頂戴した。

四升酒を飲んで半日が過ぎ、大酒は冷めかけていた。さらに一夜眠り、小籐次の体は酔いから完全に覚めて、爽快《そうかい》であった。

「手入れの要る道具がだいぶ溜まっておりますでな、お願い致しますよ」

と応じた観右衛門が、

「研ぎ場は小僧らに設けさせます。まずは私と一緒に朝餉をいかがですかな。ち

と話もございます」

と言った。

「今日も暑くなりそうじゃで、芝口橋下に小舟を舫い、そこで仕事をしようと存ずる。日陰の水辺は風が通り、気持ちようござるでな」

「おお、それは考えられましたな。久慈屋では酔いどれ様が店頭で仕事をなされておりますと、大看板を掲げたようで客がふだんより増えますが、たしかに店先は陽が差し込みますゆえ、暑うございます」

と小舟での仕事を承知した。

「本日、駿太郎ちゃんは長屋に置いてこられましたか」

「お夕ちゃんが預かってくれたでな」

お夕は小籐次から二朱の小遣いをもらったので、昨日のうちから駿太郎の面倒は当分私が見ると張り切っていた。母親のお麻も、

「しっかりと、駿太郎ちゃんとお父つぁんの世話をするのよ。そしたら、赤目様から頂戴したお金で、新柄の袷《あわせ》を仕立てて上げますからね」

とお夕を励まし、父親の桂三郎も、

「長屋じゅうばかりか、ご近所まで振る舞い酒を頂戴できたのは赤目様のお蔭だ。

今度はこちらがなにかお返しをせぬとな」

と言葉を添えたせいで、朝一番でお夕が駿太郎を引き取りに来たのだ。

久慈屋の台所の板の間の大黒柱の下に、観右衛門と小籐次の膳が、大勢の奉公人の箱膳とは離れて置かれていた。だが、まだ仕度はされていなかった。まずおまつが、

「大酒した翌朝にはこれが一番だぞ」

と熱めの茶と梅干しを小籐次の前に供してくれた。

「おまつどの、これはなによりの薬にござる」

小籐次はまず淹《い》れ立ての茶で喉を潤し、七年ものの梅干しを口にして、

「おお、酸っぱさと塩味がなんともいいわ。これを塩梅《あんばい》がよいと言うのであろうか」

と顔を顰《しか》めて食すると、胃の腑がすっきりとして、頭までがさらに爽やかになった感じだ。

「お早うございます、赤目様」

「ご機嫌でございますね、今朝の酔いどれ様は」

店開きの仕度を終えた奉公人が、小籐次に挨拶を送りながら広い台所の板の間

に顔を揃え、一斉に朝餉を始めた光景はなんとも壮観だった。

観右衛門と小籐次の朝餉は、久慈屋の男衆が食べ終えたあと、ゆっくりと運ばれてくる手順だった。

「お話とはなんでござろうか」

「いえね、市村座の座元が、隣りの菊蔵さんとうちに参られましてね、盆芝居の新作『薬研堀宵之蛍火《やげんぼりよいのほたるび》』にぜひとも赤目小籐次様をお招きしたいゆえ、曲げてご来場願いたいと、丁重な挨拶をなされていかれましたので。大和屋の五代目も、首を長くして赤目様の見物を待っておられるそうですよ」

観右衛門が、

「大和屋の五代目」

と呼んだのは、文化文政期を代表する立女形《たておやま》の五代目岩井半四郎だ。この半四郎、

「美貌、愛嬌《あいきょう》、華麗」

の三拍子が揃った名女形で、芝居好きの女衆に、

「眼千両」

と評される大名題《おおなだい》だ。

小籐次は足袋問屋の京屋喜平の店頭でこの岩井半四郎と出会い、直《じか》に芝居見物に招かれていた。だが、小籐次にとって芝居見物など無縁の世界、これまで再三の招きを断わり、久慈屋の女衆を切歯させていた。おまつなど、

「赤目様が行かれないのは勝手ですよ。ならその話、僭越《せんえつ》ながらこのおまつが受けます」

と言い出したが、京屋喜平の番頭の菊蔵に、

「五代目のお目当ては赤目様、おまつさんでは代役は務まりませんよ」

とあっさり一蹴《いっしゅう》されていた。

「困り申した」

「杜若《とじゃく》半四郎様から芝居見物を誘われて困ったと言われるのは、赤目様をおいてほかにはおられませんよ」

「杜若とは五代目の異名か」

「当代の大和屋様は眼千両、大太夫《おおだゆう》の呼び名の他に、杜若半四郎という粋《いき》な名でも呼ばれておられましてな。女子《おなご》なれば、このような誘《いざな》いがあれば有頂天になるものを、赤目様には眼千両の誘いも猫に小判ですかな」

「大番頭どの、女子なれば岩井半四郎様の誘いを喜ばれようか」

「それはそうですよ」

大番頭と小籐次の会話を、番頭の大蔵らが飯を掻き込みながら、にやにやと笑って聞いていた。

「女子な」

と小籐次が考え込んだ。

「どうなされました」

「大番頭どの、それがし一人ではちと心許《こころもと》ない。一人、同道しても構わぬか」

小籐次の返答に、

ふーむ

と考えた観右衛門が、

「おおっ、これは打ってつけのお方を忘れておった。北村おりょう様を同道なさるおつもりですな」

「同伴がいては迷惑かのう」

「なんのなんの。市村座の座元は、高土間をとって赤目小籐次様を招くと言っておられるのです。おりょう様なれば見物席に華を添えるのはたしか、これは妙案ですぞ。万事、私と菊蔵さんにお任せ下さい」

と観右衛門が胸を叩いた。

「ちと待たれよ。それがし、おりょう様が芝居見物をお好きかどうか、それがしと同道致されるかどうか存ぜぬ。今日にもおりょう様にお尋ねしたうえでご返答申したい」

「座元も赤目様の返事を待ちわびておられます。どうです、朝餉のあと、芝の大和横丁の水野様のお屋敷まで参られ、おりょう様のお気持ちを聞かれてはいかがですかな。さすれば、今日中に返事が岩井半四郎様に届けられます」

「仕事を休んでか」

「時にこのようなことがあってもようございましょう。うちと京屋喜平さんの仕事です。逃げはしませんよ」

しばし考えた小籐次は観右衛門に頷き返した。

「おまつ、赤目様の膳を早く仕度しておくれ」

観右衛門がおまつに命じて、小籐次は急ぎ、丸干し鰯《いわし》に大根おろし、青菜のお浸しに納豆、茗荷の味噌汁《みそしる》の朝餉を食することになった。

四半刻後、小籐次は小舟を駆って築地川を下っていた。

炎暑の東海道を徒歩で行くより、築地川を下って浜御殿沿いの海岸を進み、芝《しば》車町《くるまちょう》の大木戸付近の浜に着けようという算段だ。

小舟は波を横手から受けたが、来島水軍流の漕ぎ方を亡父より授かった小籐次には、なんの支障もなかった。それよりは海風を体じゅうに受けるのが、なんとも気持ちがよかった。

破れ笠をかぶった小籐次は、大木戸が望める芝車町の浜に小舟の舳先を乗り上げ、漁から戻ったらしい漁師らに、

「相すまぬが、半刻ほど小舟を浜に上げさせてくれぬか」

と頼むと、小籐次をじいっと見た年寄りの漁師が、

「おまえ様は酔いどれ小籐次様ではねえか。おまえ様が品川宿で小城《おぎ》藩の行列を襲った勲《いさお》し、たしかに見たぜ」

と笑った。そして、若い衆に向い、

「酔いどれ様の小舟を浜に上げるのを手伝いな」

と命じた。

小舟に三人の若い漁師が取り付き、波を利して、さあっと手際よく浜に上げた。

「お頼み申す」

小籐次は芝車町の浜から東海道に出た。

大木戸手前の東海道から伊皿子《いさらご》坂が口を開けていた。

小籐次にとって勝手知ったる坂であり、道であった。

伊皿子坂には赫々《かっかく》たる晩夏の陽射しが散っていた。

坂を登りながら、小籐次の胸に突然、不安が広がった。

(この話、おりょう様は喜んで下さるだろうか)

という懸念だった。

それまでの大股《おおまた》の急ぎ足がだんだんとのろくなり、伊皿子台町に上がってきたときには、止まりそうになっていた。

坂上から品川の海を振り返った。

雲一つない青空を映した江戸の内海が広がっていた。

だめで元々、話をせぬでは久慈屋に戻ることもできぬと考えを改めた小籐次は、再び歩みを早めた。

「おい、赤目小籐次、何処《いずこ》に参るな」

と芝二本榎《にほんえのき》の三叉《みつまた》で声を掛けられた。

振り向くまでもなく、旧藩豊後森藩下屋敷の用人高堂伍平だ。

高堂は中間《ちゅうげん》の鷺平と和之助を従え、二人の中間が背に負った竹籠の中には番傘が何十本も差し込まれていた。

森藩は一万二千五百石の小名である。

このご時世、この禄高《ろくだか》で国許と江戸での二重生活を続けるのは至難のことであった。ために、下屋敷では高堂以下の奉公人が内職仕事に精を出さねば内所《ないしょ》が立ちゆかなかった。小籐次がいた時分、下屋敷では竹を使った内職仕事ならなんでもこなして、武家の下屋敷だか、内職の仕事場だか分らない状態であった。むろん鷺平らが背負っている番傘も、その内職仕事を問屋に納めに行くところだ。

「用人様、お暑うございますな」

「そのようなことはどうでもよい。どこへ行くのだ」

高堂は大和横丁の奥をちらりと見て、

「まさか水野監物《けんもつ》様のお屋敷に、北村おりょう様とか申される女性《にょしょう》を訪ねていくのではあるまいな」

「いけませぬか」

「ぬけぬけと応えおって」

高堂が地団駄を踏む様子に鷺平が笑った。

「笑うでない」

と中間を叱り付けた高堂は、

「赤目、なにをしに参るのだ」

「そのようなことまでお答えせねばなりませぬか」

「おうさ。そなたの行く末を案じておるでな」

と森藩久留島《くるしま》家の奉公を辞した小籐次を高堂が睨んだ。

「おりょう様を芝居見物にお誘いに行くのです」

「なにっ、そなたが芝居見物とな。宮芝居に、大身旗本に奉公する奥女中を誘ってはならぬ。そのようなことも弁《わきま》えておらぬか」

「いえ、市村座の高土間に案内《あない》申すのです」

「市村座じゃと」

「いかにも。岩井半四郎様がどうしてもそれがしを招きたいと申されて、再三にわたるご案内を頂き、何度もお断わりするのも角が立とうかと存じまして、おりょう様が参られるなれば、それがしもと思いましたまでにございます」

「虚言をぬかすでない。千両役者の岩井半四郎がなぜそなたを芝居に誘うのだ。ありえぬ話じゃ」

いえ、それが真の話です、と応じた小籐次は、岩井半四郎との出会いの経緯《いきさつ》から度重なる案内までを語った。

「驚いたわ。悪婆《あくば》を演じさせたら当代一の立女形がそなたと知り合いとは、世間はどうなっておるのだ」

と嘆息した高堂が、

「さりながらこの話、御歌学者の娘御で、近頃は歌人として名高いおりょう様が受けられる筈もなかろう。無駄じゃぞ、赤目」

「やはりお断わりなされますかな」

「あたりまえだ。そなたのような、年寄りのうえにもくず蟹の面から芝居見物に誘われたら、大概の女子はびっくりして目を回すわ。われら、江戸市中の問屋に参る。一緒に戻るぞ」

と高堂伍平が命じた。

しばし、三叉の真ん中で考えた小籐次は、

「ご用人、この暑さの中、大和横丁まで遠出してきたのです。断わられるのを覚悟で一応願うてみます」

「未練たらしいの、赤目。男はな、女子の尻を追いかけるものではないぞ。いよいよ嫌われるぞ」

はっ、と畏《かしこ》まって承《うけたまわ》った小籐次は、

「ともかくお屋敷に挨拶をして参りますゆえ、ご用人方は問屋に参られませ」

と言い残すと、大和横丁に向った。

その背に三人の視線を感じながら小籐次が歩いていくと、高堂伍平の舌打ちが聞こえてきた。


「岩井半四郎様の新作興行にお招きとは、りょうは万難を排して参ります」

小籐次がしどろもどろに説明するのへ、おりょうが満面の笑みで即答した。

「おりょう様、それがしが同道するのですぞ」

「大和屋様は赤目小籐次様をお招きになったのです。その赤目様のお誘いで、私が市村座の高土間に座ることができるのです。これ以上の光栄がございましょうか」

ふーうっ
と小籐次は息を吐いて安堵した。

「どうなされました」

「おりょう様に断わられるのを覚悟で伊皿子坂を上がって参りましたでな。急に体じゅうの力が抜けました」

ほっほっほ

とおりょうが笑った。

「赤目様はなにも分っておられませぬ」

「それがし、世間のことは疎うございますでな、岩井半四郎様がどれほどの役者なのか一向に存じませぬ」

「安永五年（一七七六）にお生まれの大和屋様は、天明七年（一七八七）十一月の桐座興行で岩井粂三郎《くめさぶろう》を名乗って初舞台を踏まれてから三十二年の精進の末に、先代の女形を継がれて、今や押しも押されもせぬ大名題。少しばかり下唇が出たおちょぼ口がなんとも言われぬと女衆の人気、それに芸がしっかりしておられます。四代目鶴屋南北様と組んでの生世話物《きぜわもの》の悪婆ぶりは天下一品。当年とって四十四歳は、役者として一番脂の乗り切った旬の時期を迎えておられるのです」

おりょうは実によく岩井半四郎のことを承知しており、すらすらと説明した。

「ほうほう、それほどの大看板にございますか」

「眼千両は嘘《うそ》ではございません」

「うーむ、それがしが考えた以上に大変なお方じゃな」

「ですが、赤目様、私がなにも分っておられませぬと申したのは、岩井半四郎様のことではございません。赤目小籐次様のことです」

「それがしのことをそれがしが分っておらぬと申されますか、おりょう様」

大きく頷いたおりょうが、

「あちら、岩井半四郎様が眼千両なれば、こなた、赤目小籐次様は一首千両の兵《つわもの》。市村座で二人の千両役者が出会うのです。これ以上の見物がございましょうか。その日のお芝居は大入り満員間違いなしです」

とおりょうが請け合い、艶然《えんぜん》と笑った。

第三章　国三の迷い

一

小籐次が芝口橋の久慈屋の船着場に小舟を着けたのは昼前のことだ。

おりょうは市村座の芝居見物を手放しで喜んでくれた。小籐次が、

「話を進めてようございますな」

と念を押すと、

「赤目様のお誘い、私が断わる理由《わけ》もなし」

と艶然と笑った。

「ならば、これより芝口橋に立ち戻り、早速話を詰めまするる」

と答えておりょうの許を辞去しようとすると、

「久しぶりゆえ、昼餉を食していかれませぬか」

と誘った。だが、市村座の座元が返事を待っているからと辞退しようとすると、

「ならば私の淹れた茶を喫していって下さい。暑い折は却って温かい茶が、冷たいものより体によいものです」

おりょうは一服の抹茶を点《た》ててくれた。

二人はおりょうが茶を供する間に鎌倉以来の話をした。

「赤目様、私は水野様のご奉公を辞する決心を致しました」

「いよいよ歌人としての道を立てられますか」

「父とも相談のうえ、一庵をどこかに構えて、御歌学者北村の家系を私なりに継いでいこうと考えました」

「それはよい」

「赤目様も賛成して下さいますか」

「これ以上の話はございませぬぞ。一庵と申されましたが、どこぞに心当たりがございますので」

「いえ、それはまだ」

「おりょう様の、歌人としての出立《しゅったつ》にございます。江戸の鄙《ひな》びた地にあって風雅な住まいでなくてはなりませぬ」

「赤目様、北村の家は学者にございますれば、内所は至って質素、まず先立つものから思案せねばなりませぬ」

と答えたおりょうが、

「あらあら、このようなことまで赤目様に洩らしてしまいました」

と赤面した。そして、茶筅《ちゃせん》の動きを止め、茶碗から優雅な仕草で滴を切るように上げると、

「赤目様」

と小籐次の前に差し出した。

「不調法ゆえ、作法はお見逃し下さい」

白磁の涼しげな茶碗を両手に持った小籐次は、

「おりょう様の庵《いおり》、この赤目小籐次に探させては頂けませぬか」

と願った。

「赤目様が私のために庵を」

「差し出がましゅうございましょうかな」

「なんのなんの」

と応じたおりょうが、

「どこかにお心当たりがございますか」

いえ、と顔を振った小籐次は古茶碗の滑らかな手触りを掌に楽しんだあと、ゆっくりと喫した。

「いつもながらお見事な振る舞いにございます」

おりょうは過日、小籐次が水野監物と登季の前で茶を喫した折の作法を褒めてくれた。

「それがしの茶は、酒を楽しむように喫するに過ぎませぬ」

と言い訳した小籐次は、

「最前のおりょう様の問いにございますが、心当たりはございませぬ。ですが、久慈屋に相談してみます。おりょう様に望みはございますか」

「女ひとりが住まいする庵にございます。江戸市中から離れていようとかまいませぬ」

と答えたおりょうが、

「赤目様が駿太郎様をお連れになることを考えますと、小舟が着けられる水辺がよいやもしれませぬ。ともあれ、赤目様のお好みのままに」

と小籐次の顔を見ながらおりょうが言った。

おりょうが庵を構えても小籐次の出入りを許してくれるのかと欣喜《きんき》しながらも、

「さて困ったぞ、この小籐次の好みと申されても。されど久慈屋は商売柄、水戸様を始め、付き合いが広いゆえ、なんぞお知恵を貸して頂けましょう」

「お願い致します」

とおりょうが素直に受けた。


「おおっ、戻ってこられたな」

久慈屋の店頭で迎えたのは京屋喜平の番頭菊蔵だった。観右衛門と、小籐次の話をしながら待っていた様子だ。

「どうでした、首尾は」

と尋ねる菊蔵に、

「菊蔵さん、ちょうど時分どき。少々早いが、台所に行って昼餉を食しながら話しませんか」

と観右衛門が帰ったばかりの小籐次を気遣い、菊蔵を台所に誘った。

「おや、久慈屋さんの昼餉を頂けるので。他家のめしは殊の外、美味しゅうございますでな」

と菊蔵が喜んだ。

小籐次は朝餉に続いて昼餉も、久慈屋の台所の板の間の大黒柱の下で頂戴することになった。

三人が対面するように座すと、菊蔵が待ち切れずに小籐次に返事を催促した。

「菊蔵どの、おりょう様はこのお誘いを殊の外喜ばれて、岩井半四郎様のことをあれこれと話してくれ申した」

「すると、おりょう様は市村座行きを了承なされた」

「いかにも」

「女はだれしも芝居と甘いものには目がないものです」

と菊蔵が得心したように頷き、

「当然、赤目様もご承知ですな」

と観右衛門が念を押した。

「うむ」

と答えた小籐次が、おりょうが眼千両の岩井半四郎と一首千両の小籐次の二人

が市村座で顔合わせするのは評判を呼ぶと言った話を披露すると、

「おおっ、これは夢想だにしませんでした。いかにも大和屋様は眼千両の立女形、酔いどれ様はこの首に千両の値が付いた兵でしたな。いかにも二人千両の出会い、江戸じゅうの評判を呼びますぞ」

と菊蔵が張り切った。

「菊蔵どの、ちと厚かましきことながら、今一つお願いがござる」

「なんでございましょう」

「おりょう様の他に今一人、女性を伴ってはいけぬか」

「高土間ゆえ、赤目様の他に女二人、なんなく座れましょう。どなたにございますな」

「おりょう様のご奉公先、水野家の奥方お登季様をお招きしようかと、おりょう様と思案致した」

「水野様は大御番頭五千七百石の大身にございましたな。なんのことがございましょうか」

とあっさり請け合った菊蔵が、

「観右衛門さん、昼餉を馳走してもらうのは次の機会にさせて下さいな。話がそこまで進んだとなると、市村座の座元に二人千両の対面を一刻も早く知らせてお膳立てをしたい」

と立ち上がり、台所から飛び出していった。

「なんとも慌ただしいことで」

観右衛門が苦笑いで見送り、

「二人千両の話にございますが、私も考えもしませんでした。市村座の座元はそれを承知で赤目様を市村座に招かれたかもしれませんな」

と話題作りに小籐次を招いたのではないかと言い出した。

「このもくず蟹の面を芝居小屋に出したところで、岩井半四郎様の舞台に華を添えるわけでもなし」

「いえいえ、赤目様と傍らに侍《はべ》る女性ふたり、きっと評判を呼びますよ」

と観右衛門も請け合った。

「そうじゃろうかな」

「まあ、見ていてご覧なされ。赤目様がお考えになる以上にこの話題、江戸じゅうが大騒ぎとなります」

小籐次には信じられないことであった。

「水野家の奥方様の市村座行き、おりょう様が言い出されたので」

「大番頭どの、おりょう様は水野家を辞するにあたり、奥方様に永の奉公のお礼を致したいと考えられたのじゃ」

「おりょう様は奉公を辞されますか」

「歌人として新たな道を立てられる決心をなされたのじゃ」

「北村家の血筋、おりょう様なれば才色兼備の歌人としてきっと成功なされましょうな」

「大番頭どの、ちとお知恵を借りたい」

と前置きした小籐次は、おりょうが新たに出立する庵の一件を小籐次が探す申し出をし、おりょうが了承したことを話した。

「なんと、おりょう様がそのようなことを赤目様に相談なされましたか。才女は才人を知るですかな」

と頷いた観右衛門が、

「ちと時を貸して下さいまし。きっとおりょう様が気に入られる庵を探してみせます」

と請け合った。

頷いた小籐次は、新兵衛長屋に立ち寄って持参した袱紗包みを差し出して、

「それがし、この江戸で女ひとりが暮らす庵がいくらで借り受けられるものやら、さっぱり見当がつきかねる。過日、頂戴した五十両を大番頭どのにお預け致すゆえ、探す代金の足しにして頂けぬか。足りない分は、それがし、なんとしても工面致す」

と言い切った小籐次の顔を見た観右衛門が、

「ほんにお二人は幸せ者にございますな」

と真顔で応じたものだ。


昼餉の後、まず久慈屋の道具を芝口橋下に舫った小舟に持ち込むと、研ぎ仕事を始めた。

橋の上は東海道が通り、いつもは大勢の人が往来する。

だが、炎暑の候、時折、気だるい荷馬の蹄《ひづめ》の音が通り過ぎていくだけだ。

小籐次は久しぶりに研ぎ仕事に没入して脳裏から雑念を吹き飛ばした。

時に小僧の国三が姿を見せて、研ぎ上がった刃物を持ち去り、新たに研ぐ要のある刃物を置いていく。

七つ半（午後五時）前の刻限か、堀の水面を燕が低く高く飛び遊んだ。すると、国三がまた姿を見せて、

「赤目様、おりょう様とおっしゃる女の人と市村座に芝居見物に行くんですってね」

と興味津々に言い出した。

「岩井半四郎様と市村座の座元の招きでな」

「怒ってますよ」

「怒っておられるとな。だれがかな」

「だれがって、奥の方がですよ。お内儀様とおやえ様が、どうして赤目様は私たちを誘ってくれなかったんだと大番頭さんに訴えたそうですよ」

「それは困った」

「当分、奥への出入りは禁止だな」

「それほど怒っておられるか」

「かんかんです。赤目様、芝居と食い物で女を敵に回すと、百年の恨みを残しますよ」

「国三さん、脅かすではない。そなた、なんぞ曰《いわ》くがありそうな」

へっへっへ
と笑った。

「お内儀様とおやえ様、結局、久慈屋で市村座の高土間を一つ買うことにしたそうです。赤目様らが見物に行かれるのと同じ日に」

「それはよかった。百年の恨みを残されても敵わぬからな」

「それで赤目様に相談があるんですが」

国三はまた愛想笑いをした。

「旦那様は、芝居は嫌だとおっしゃるし、浩介さんは仕事だし、女だけで供がいないのは不便ですよね」

「芝居見物に参ったことがないで、なにが不便かよう分らぬ」

「不便なんですって。お弁当やお茶だって男衆に注文しなきゃならないし、大店の女子が売り子を呼ぶのに声を張り上げられますか。そんなとき、小僧がいると便利だと思いませんか」

「そうやも知れぬな」

「頼りないんだから」

「国三さん、そなたも芝居見物に参りたいのか」

「当たり前ですよ。眼千両、杜若半四郎様のお芝居が見たいんですよ」

「小僧さん、そなたは未だ奉公の身じゃぞ。おやえどのの旦那になられる浩介どのが仕事で芝居見物どころではないと断わったというに、小僧のそなたが供をするでは物の順序が違おう。話にもなるまい。芝居見物、吉原通いはもう少し辛抱してからにしなされ。そなたが店を持った暁には、芝居でも吉原でも自由じゃからな」

「私がお店を持つなんてことがあったとしても、そのときは岩井半四郎様があの世に逝かれてますよ」

と国三がぷんぷん怒って橋下から店に戻っていった。

その様子を久慈屋の船着場から見ていた荷運び頭の喜多造が小籐次の小舟に歩み寄り、

「国三め、なんぞ腹を立てて店に戻ったようですな」

と笑いかけた。

「小僧さんも岩井半四郎様に夢中のようでな、市村座に見物に行きたいらしい。芝居見物はもう少し辛抱して店を持ったときにしなされと言ったら、あのとおりだ」

「国三め、赤目様なれば話を聞いてくれると甘えてやがるんですよ。ちょいと厳しく言い聞かせておかなきゃあ、後々のためにならねえ」

久慈屋の奉公人の中ではお店者《たなもの》というより職人気質《かたぎ》の喜多造が厳しい顔で言った。久慈屋の紙は大小の荷船を使い分けて運ばれる。その長《おさ》の喜多造は、直に売り買いに携わるわけではないゆえ、職人の気風を持っていた。

「ちとわしが甘えさせましたかな」

小籐次と国三は、水戸行きに同道もし、密なる付き合いをしてきた。そのせいで若い国三に甘えが生じていた。これから紙問屋久慈屋の奉公人として手代、番頭と長い出世の階段を勤め上げねばならないのだ。それには厳しい自省と辛抱が要った。

甘えは奉公をしくじる因《もと》になると喜多造も小籐次も案じていた。

「喜多造さん、よい機会を見つけて注意して下され。赤目小籐次は久慈屋様に出入りの研ぎ屋の爺で、なんの力もないとな」

「赤目様の真の偉さが分ってねえんですよ、国三め」

喜多造が万事呑み込んだ顔をした。

暮れ六つ（午後六時）の時鐘を橋の下で聞いて小籐次は仕事を終えた。半日であらかた久慈屋の道具は研ぎ終えていた。

明日はどこで仕事をするか、段取りを考えながら小舟の中を片付け、最後に研ぎ上げた道具を小脇に抱えて河岸道に上がると、夕風が吹き始めた東海道をせかせかした足取りで菊蔵がやってきた。

「市村座の座元ときたらさ、おりょう様の言われた二人千両の話をすると、小躍りして座布団の上に一尺ばかり飛び上がりましたよ。これで盆芝居新作狂言大当たり間違いなしって、自ら太鼓判を押しておられました。いいですか、赤目様。市村座の座元が請け合われましたよ。初日に、赤目小籐次様、北村おりょう様、水野の奥方様のお三方をいちばんよい高土間にご招待なされるそうです。岩井半四郎様も大喜びで、赤目様によろしくお伝え下さいと何度も申されておりました」

「大変な芝居見物になったな」

「それはかりではありませんぞ」

と菊蔵が読売を出して見せた。

「またまた酔いどれ様が解決なされた幼女誘拐《かどわか》しに絡んだ話が狂言仕立てで書い

てございますよ」

空蔵の仕事だ。

「まさか実名で載ってはいまいな」

「ご懸念あるな。誘拐しに遭った三家の、その後の赤目様へのお礼の仕方がおもしろおかしく書き分けてございましてな、さすがにほら蔵の読売はおもしろうございますよ」

と一枚の読売を小籐次の手に押し付け、

「ちょっと店の様子を見て参ります。そのあと、観右衛門さんに報告に参ります」

と菊蔵は店の番頭の務めを思い出したか、京屋喜平に戻っていった。

小籐次は菊蔵のくれた読売を懐にねじ込んで久慈屋の店に入っていった。

二

観右衛門が小籐次の姿を目ざとく見付け、

「ご苦労様にございました。菊蔵さんが戻られたようですな」

と訊いてきた。

「ただ今、店の様子を見に行き、すぐにこちらに戻って参るそうじゃ」

「首尾は上々ですかな」

「どうやらそのようじゃ」

と小籐次が答えるところに菊蔵が姿を見せて、

「いやはや大変な芝居見物になりそうですぞ。市村座の座元は、必ずや大入り満員札止めの初日になること請け合い、江都じゅうに評判を呼ぶ新作にすると張り切っておられますし、岩井半四郎様は、赤目様が華を添えてくれる以上、大和屋のおはここにしてみせる覚悟のほどを、この菊蔵に洩らされておられました」

「見物は新作狂言初日の舞台じゃな」

「いかにもさようです」

「菊蔵さん、うちでは奥がなんとしても新作のお芝居を見物したいと言うておられましてな、高土間をなんとか都合できぬものですかな」

「観右衛門さん、この菊蔵がかかわる話、いささかの遺漏もございませんぞ。市村請右衛門頭取に掛け合い、久慈屋さんとうち用に二つの高土間を確保して参りました」

「赤目様が見物なさる初日にございましょうな」

「申すに及ばずでございますよ」

と菊蔵がぽーんと胸を叩いた。

「となると、見物の日まであと三日を残すばかり」

と観右衛門が奥に知らせに行く気配を見せた。

「大番頭どの、四日後にござるか」

いささか驚いた声で小籐次が念を押した。

「月代わりゆえそうなります。都合が悪うございますかな」

「研ぎ屋の爺の都合などいかようにも変えられるが、四日後となると、おりょう様にお知らせしておいたほうがよいかと存ずる。それがし、これより大和横丁に参る」

「赤目様、日に二度、芝まで往復するのは厳しゅうございましょう。この旨、うちの手代か小僧を走らせ、おりょう様にしかと伝えさせます」

と観右衛門が請け合ったとき、土間で店仕舞いの片付けを終わった小僧の国三が、

「大番頭さん、私がそのお使いに参ります」

と言い出した。

「なに、夕餉を前にして腹っぺらしのそなたが、芝の水野様のお屋敷まで使いに行くとな」

と念を押す観右衛門に、

「大番頭さん、国三だけでは心許のうございますよ。わっしが国三と一緒に参りましょう」

と折よく表から入ってきた荷運び頭の喜多造が口添えした。

訝《いぶか》しい顔で観右衛門が喜多造と国三の顔を見返し、喜多造が頷き返した。

「ならば、二人に願いましょうか」

と許しを与えると、喜多造がすかさず、

「小僧さん、猪牙を走らせる。仕度をしておきな」

と命じた。

使いをして、なんとしても芝居見物の一行に加わるために点数を稼いでおこうと考えた国三の目論見が外れた。

「頭」

と喜多造になにか言いかけた国三が、荷運び頭の厳しい顔に出会って慌てて船着場に飛び出していった。

小籐次は浩介に筆と硯《すずり》を借り受け、おりょうへ芝居見物が初日に決まったことを記す文を認《したた》めた。

久慈屋の一人娘のおやえと夫婦になる浩介は、観右衛門と同じ帳場格子の中に場を与えられ、久慈屋の跡取りになるための教育を大番頭自らの手で受けていた。

「喜多造さん、芝二本榎から西に向う大和横丁の左手に水野監物様の屋敷はござる」

小籐次は喜多造に書き上げたばかりの文の封をしながら告げた。

「赤目様、万事お任せを」

と胸を叩いた喜多造が店を出ていった。それを見送りながら観右衛門が小籐次を見て、

「なんぞございましたか」

「いや、それがしがちと小僧さんを甘やかし過ぎたようで、頭がそれとなく注意をする機会を持たれたのでござろう」

「ほう、国三を赤目様が甘やかしましたか」

と思案する観右衛門に、

「大番頭さん、国三が芝居見物に加わりたい一念であれこれと目論むのを、赤目様と頭が見咎《みとが》めたのではございませんか」

と番頭の大蔵が言い出した。

「おお、うっかりしておった。たしかにその様子は見られました。ですが、それは赤目様が甘やかされた結果ではございますまい。つい赤目様や奥の覚えがめでたいと勘違いした国三の責任です。となれば、偏《ひとえ》に奉公人を束ねる私の落ち度です」

と観右衛門が険しい顔で言い切った。

「大番頭どの、大蔵どの、余計な口出しとは分っておるが、こたびの一件、喜多造さんに任せてもらえぬか。きついお灸《きゅう》を舟の上で据えられようからな」

小籐次は橋下の会話を久慈屋の重役《おもやく》に告げた。

「そのような経緯《いきさつ》にございましたか。ならば喜多造に任せましょう」

と観右衛門が承知し、大蔵も頷いた。だが、浩介は会話に加わることなく、それでいてしっかりと観右衛門らの判断を聞いていた。

「久慈屋さんのように大所帯ですと、なにかと大変ですな」

と菊蔵が店の上がり框から立ち上がりかけた。

「菊蔵さん、お店に差し障りがないなら、ちょいと奥まで赤目様とご一緒してくれませぬか。こたびの芝居見物を旦那様方に報告致しますでな。なあに、お店にはうちの奉公人にその旨伝えさせます」

「おや、私を久慈屋さんの奥の院へお招き頂けるのですか。このような機会は滅多にございません。是非とも赤目様の供に加えて下さい」

と話がなった。

「観右衛門どの、菊蔵どの、それがし、井戸端で手足を洗って参る」

と小籐次は告げると、店から奥への三和土《たたき》廊下から台所を抜けようとした。すると、おまつが、

「酔いどれ様、だんだんと世間が狭くなるね。赤目様の名がこれでまた高くなるよ」

と芝居見物の話を承知か、大汗を搔いた顔で笑いながら言った。

竈《かまど》がいくつも一緒に燃え盛る台所は昼の暑さ以上の熱気が籠《こも》っていた。

「もくず蟹顔が売れたところでなんのことがあろうか。それより、厄介が起こりそうでなんとのう気にかかるわ」

小籐次はふと胸に湧《わ》いた懸念をおまつに伝えると、裏庭に出た。

白い宵闇が裏庭にあった。

見習い女中のおさんが、桶に冷やした何丁もの豆腐を一つひとつ笊に上げていた。おさんは、おまつと同じ野州の在所からつい数カ月前、久慈屋に奉公に出てきたばかりだ。

「おさんさん、奉公には慣れたかな」

「なんとか」

小籐次にいきなり声を掛けられたおさんがぼそぼそと答えた。

十五のおさんには未だ江戸で、しかも大店で奉公する戸惑いが見られた。

「三日辛抱できれば三月は大丈夫じゃぞ。そなたはもはや三月を過ぎたゆえ、次は三年じゃな。ここまで辛抱できればもう立派な奉公人。在所に戻った折には嫁入道具も揃えられるし、なにより自信もつくでな」

「はい」

と答えるおさんの声に張りが出た。

小籐次は顔を桶の水で洗い、その水で足の汚れを落として、裏庭に植えられた朝顔の根元に撒《ま》いた。

中庭を囲む回り廊下を奥に向って歩いていくと、笑い声が聞こえて、笑いの中に菊蔵の声が一段と高く響いている。

「遅くなり申した」

小籐次が挨拶すると、久慈屋の主一家である昌右衛門、内儀のお楽におやえ、そして観右衛門と菊蔵が談笑していた。

「おお、千両役者の登場ですぞ」

昌右衛門が破顔して小籐次を迎えた。

「昌右衛門どの、それを言うならば岩井半四郎様のこと。それがしはもくず蟹面の爺にござる」

「いえ、赤目様とて御鑓拝借騒動で江都に名を上げた兵、眼千両の岩井半四郎様と十分に張り合えます。おりょう様が申されたように二人千両は話題を呼びますぞ」

と興奮気味だ。

「赤目様のお蔭で私も初日の舞台と見物席を拝見できます、ありがとうございました」

おやえが丁寧に小籐次に礼を述べた。

「おやえどの、なにやら大仰《おおぎょう》になり、赤目小籐次、身の置き所もござらぬ。当日、どのような顔で高土間に座ればよいのか。それがし、ひたすら水野の奥方様とおりょう様の背にじいっと身を潜めておる」

「駄目ですよ。舞台の眼千両と高土間の兵千両は、団菊のように双璧《そうへき》、堂々としておられませぬとな」

と菊蔵が言った。

「うーむ、困った」

と小籐次が唸るのを、その場の全員が笑みの顔で見た。

「お父つぁん、赤目様のお召し物はどうすればいいの。まさか研ぎ仕事のなりでは、おりょう様や水野の奥方様の体面にも関わるでしょう」

「おやえ、それです。明日にもうちに呉服屋を呼びましょうか」

内儀が言い出した。

「なにっ、芝居見物には晴れ着が要るのでござるか。それは困った」

「だから、呉服屋をと申しております」

「芝居見物は四日後ですぞ。仕立てが間に合いますまい」

「それもそうですね。四日となると浴衣を新調するのがせいぜいよ、おっ母さん」

とおやえが応じ、観右衛門が、

「旦那様方、これは杞憂かも知れませんぞ」

と言い出した。

「どういうことです」

「すでにおりょう様が用意をしておられるような気が致します」

昌右衛門が、ぽーん、と膝を手で叩いた。

「いかにもそうでした。大番頭さんの推量があたっておりますよ。うちが考えることではないやも知れぬ」

「お父つぁん、おりょう様が赤目様の芝居見物の仕度をすでになさっておられるのですか」

とおやえが首を捻《ひね》り、小籐次も、

「昌右衛門どの、大番頭どの、それはない。ござらぬ」

と言い切った。

「おやえ、そなたは若い。男女の機微を分っておらぬ。まあ、見ていなされ。赤目様の芝居仕度をな」

「昌右衛門どの、それがしがおりょう様を芝居見物に誘いに行ったのは今日のことですぞ。そのような芸当ができるわけもござるまい」

観右衛門が顔を横に振り、

「赤目様、おりょう様は芝居見物のために赤目様の召し物を仕度なさるのではありますまい。ずっと以前から用意なされていた召し物を、こたびの芝居見物に着て頂くものかと存じます」

ふーむ
と小籐次が唸った。

「旦那様、この答え、喜多造と国三が齎《もたら》してきましょう」

と小籐次の代役に二人が立ったことを告げた。

「お楽、そういうことだ。喜多造らの返答を待って、うちが動いてもよかろう」

と昌右衛門が応じたとき、台所から女衆が酒と膳を運んできた。

「おや、もはや夕餉の刻限、遅くまでお邪魔を致しましたな」

菊蔵が辞する気配を見せた。

「菊蔵さん、夕餉をともにしようとお誘いしたのです。おりょう様の返事が齎されるまで、暑気払いに酒をご一緒しましょうぞ」

「観右衛門さん、よろしいのですか。お隣りの大店で酒を頂戴するのも初めてなら、酔いどれ小籐次様と同席するのも初めてのこと。光栄にございますな」

菊蔵が満面の笑みで座り直した。

酒が一同に注がれて、小籐次も慌ただしかった一日を振り返りながら杯の酒を喉に落とした。

「今日の酒は格別に美味しゅうございます」

菊蔵が嬉しそうに言った。

「菊蔵さん、遠慮なさることはございませんぞ。この酒、赤目様が誘拐《かどわか》し騒ぎを治めたお礼に、横川の油問屋と小梅村の庄屋さんから頂戴した四斗樽三つの内の一つ、うちの酒ではございませんでな」

観右衛門の言葉を聞いた菊蔵が、

「忘れておりました」

と懐から空蔵が書いた読売を出して一同に見せた。

「なに、あの話、読売で売り出されたのでございますか。空蔵さんも水臭い。うちに一枚くらい届けてもよかろうに」

観右衛門が主の昌右衛門に差し出し、小籐次に視線を向けた。

「赤目様はご存じないのですか」

「いや、最前、菊蔵どのから一枚頂戴致したゆえ懐に」

と皺《しわ》くちゃの読売を出した。

「大番頭さん、こりゃ、赤目様話《ネタ》ですが、いつもと調子が違う。誘拐しにあった三家のお礼の仕方の対比をおもしろおかしく書いておられるだけの読売ゆえ、赤目様も懐に突っ込んだままであったのでしょう」

と昌右衛門が言い、

「赤目様は深川の越後屋のことを気にしておられるのですな」

「昌右衛門どの、いかにもさよう。礼などというものに相場があるわけでなし、気持ちにござる。それがし、三家から十分過ぎる礼を頂戴致した」

「赤目様らしいご返答ですな。まあ、読売屋もその辺の赤目様の気遣いを十分に汲んで読物にしておりますよ。この読売はいつものようには売れません。大番頭さん、読売屋がこの芝口界隈まで売りに来なかったわけですよ」

大店の主がこたびの読売を分析した。

観右衛門も速読して、

「旦那様がおっしゃるとおり、いつもの酔いどれ様の読売の爽快さはございませんな」

と菊蔵に読売を返し、小籐次も懐にまた捻《ね》じ込んだ。

喜多造と国三が久慈屋に戻ってきたのは、五つ（午後八時）過ぎの刻限だ。櫓さばきの達者な喜多造ならではの早業だった。

二人は直ぐに奥座敷に呼ばれた。

「赤目様、おりょう様の返答を承って参りました」

喜多造が廊下に座してまず報告した。国三の顔が強張《こわば》り、いつもより遠慮がちに喜多造の背に隠れるように控えている。

「四日後、盆芝居初日の市村座、奥方様とご一緒にたしかにお招きに与りますとのご返答にございました」

「まずはひと安心」

と小籐次が呟き、

「喜多造さん、国三さん、夕餉の刻限に使いをさせて申し訳ないことであった」

と二人に頭を下げた。

「赤目様、なんのことがございましょう。大和横丁で評判の北村おりょう様にお目にかかって、この喜多造、肝っ玉が鷲掴《わしづか》みにされたようでございましたよ」

「頭、それは目の保養になりましたな。それで、おりょう様から赤目様へのお言《こと》伝《づて》はございませんでしたかな」

　と観右衛門が念を押した。

　喜多造さんが小籐次の顔を見て、この場で話してよいかという表情を見せた。

「喜多造さんが差し障りがないと思う返事なら披露して下され」

「芝居見物の当日、霊南坂《れいなんざか》の水野家本邸より市村座に参ります。大変ご足労ですが、赤目様にお迎えを願います、とのお言伝にございました」

「頭、それだけですか」

　観右衛門が残念という声で問い返した。

「今一つ」

「ほうほう、なんですな」

「赤目様、屋敷に芝居見物の召し物を用意しておりますゆえ、ふだんどおりの形《なり》でおいで下さい、とのお言葉にございました」

　その場に得心の吐息が、
　ふうっ
　と流れ、小籐次は片手でもくず蟹と呼ばれる顔をつるりと拭った。

三

小籐次はこの日から、研ぎ場を大川右岸の駒形堂界隈に変えた。真っ先に訪ねたのは、

「金竜山浅草寺《せんそうじ》御用達畳職備前屋梅五郎」

のくすんだ金看板を掲げる梅五郎親方の店先だ。

研ぎ道具を両手で抱えた小籐次によちよち歩きで従ってきた駿太郎を、備前屋の嫁のおふさが、

「駿太郎ちゃん、おりこうさんね。酔いどれ様と歩けるようになったの」

と迎え、倅の一太郎と遊ばせようと奥に連れていった。おふさの様子に小籐次の来店に気付いた梅五郎が飛び出してきて、

「駿太郎ちゃんも、負ぶうにはいささか大きく育ったな」

と小籐次に笑いかけた。

奥の部屋から駿太郎と一太郎の賑やかな笑い声が響いてきた。

「どれほど目方があるか知れぬが、背にずしりと堪えますぞ」

「子は筍《たけのこ》のようだねえ。それに比べて、わっしら年寄りは日に日に縮んでいきやがる」

「親方、いかにもさようじゃ」

小籐次は梅五郎のことを親方と呼んだが、それは名ばかりで大所帯の実際の仕切りは倅の神太郎がやっており、備前屋の実質的な親方であった。だが、隠居と呼ばれるのを梅五郎が嫌がり、周りも隠居と呼ばれるようになったら直ぐに老け込むと考え、一応、親方と奉っていた。

ともあれ、梅五郎が達者なのは口だけだった。

小籐次が研ぎ場を店頭に設けた日には、煙草盆を手元に置いて小籐次の傍らにぴったりとへばり付き、世間話をするのが大の楽しみなのだ。そして、店の前を近所の住人が通りかかると、

「八百常のおかみさん、研ぎを必要とする包丁はないか。この赤目小籐次様の手にかかると、どんな錆《さび》くれ包丁も新品同様に研ぎ上がるぞ」

などと声をかけ、

「梅五郎親方、うちは間口二間に足りない小店の八百屋ですよ。大根や牛蒡《ごぼう》の葉っぱを切り落とす包丁です。錆くれてようと刃が欠けてようと、力まかせに押し

切りますって」

「おかみさん、それは大いなる勘違いだぜ。そんな了見だからよ、店が繁盛せんのだ。赤目様の手にかかった包丁を使ってみなされ、大根の味が一段と上がるのは間違いなしだぞ。店の売上げもぐいっと伸びるってわけだ」

「備前屋の親方、うちが繁盛しようとしまいと大きなお世話ですよ」

おかみさんはぷんぷん怒って備前屋の前から姿を消した。

「お義父《とっ》つぁん、赤目様の商いを助けてあげようという魂胆でしょうけど、あれでは贔屓《ひいき》の引き倒し、うちの商いにも差し障りが出ますよ」

と店に戻ってきたおふさが舅《しゅうと》に文句を付けた。

「なんぞ、おかみさんの気に障ることを言ったか」

「呆《あき》れた。あんなことを言われたら、だれだって怒りますよ」

おふさに言い返された梅五郎は、職人たちが笑って見ているのを、

「てめえら、手が動いてねえぜ。しっかりと働け」

と怒鳴った。

「親父、大概にしないかえ。おふさの言うとおりだ。ご町内の方に、そんな了見だから店が繁盛しないはないだろうが。おろくさんじゃなくたって怒るぜ」

「おれがそんなことを言ったか」

「言った言った」

　と職人らが口を揃えたため、旗色が悪くなった梅五郎が、

「おふさ、おろくさんの店に行ってよ、詫びかたがた野菜をしこたま買ってこい」

　と命じた。

「憎まれ口を叩くのはいつもお義父つぁん、謝るのはいつも嫁の私」

　と言いながら、おふさが店から出て行こうとした。

「おふささん、八百常の包丁を借りてきてくれぬか。親方の悪態のかわりに、本日は無料《ただ》で研ぐによってな」

「赤目様の商いにも迷惑よね」

　と言い残して、おふさが出ていった。

「赤目様、気分が変わるような話はねえかね」

「親方の気分が変わる話な」

　小籐次は研ぎの手を休めて思案していたが、

「おおっ、岩井半四郎様から市村座の盆芝居初日に招かれた」

「なにっ、眼千両からだれが芝居に招かれたって」

「わしにござる」

「わしにござるって、赤目様は当代きっての立女形と知り合いか」

「まあ、挨拶は受けたな」

「挨拶を受けただと。赤目様は岩井半四郎をほんと、承知なのかえ。どこか田舎芝居の半四郎じゃねえのかい」

と訊き返したとき、おふさが菜切り包丁を握ったまま血相変えて戻ってきた。

「どうした、おふさ。八百常の夫婦に意趣返しをされたか」

「お義父つぁん、そんなこっちゃありませんよ。市村座の新作興行の初日に、赤目小籐次様が大和屋の招きで芝居見物ですとさ」

「おれも今、赤目様に聞いたところだ。おふさ、巷《ちまた》で噂か」

「読売ですよ」

「なにっ、読売に赤目様の芝居見物が載っているのか」

梅五郎がおふさの手からひったくるように読売を摑み取り、神太郎や職人らも集まってきた。

「なになに、眼千両岩井半四郎が御鑓拝借の兵、一首千両の赤目小籐次様を市村座盆芝居の新作披露の初日に招き、か」

梅五郎が小籐次を見た。

小籐次はおふさの持ってきた菜切り包丁を受け取ると、かなりがたのきたそれを調べた。

「赤目様、そんなことをやっている場合じゃねえぜ。こいつは驚天動地の大ごとですよ」

「さようか」

「さようかって、暢気に構えている場合じゃねえぜ」

「親父、赤目様はこの際うっちゃって、読売の先を読みねえ」

おう、それだ、と梅五郎が読売に目を戻した。

「皐月《さつき》芝居の舞納めも無事に幕を下ろし、どこも芝居小屋は土用の休みに入っております。

さて江都の芝居好きの方々、今年は盆興行に大きな話題がございます。

市村座盆芝居、四代目鶴屋南北の新作『薬研堀宵之蛍火』の初日に、立女形岩井半四郎は予《かね》てよりの約束を履行せんと酔いどれ小籐次様を招き、赤目様は快諾なされたのでございます、か。

酔いどれ様のお連れは、大御番頭水野監物様の奥方お登季様と、御歌学者の北村舜藍様のご息女、近頃歌人として頭角を現してきたおりょう様の二人とか。このおりょう様、二本榎界隈のお屋敷で評判の美貌の持ち主。舞台の杜若半四郎とおりょう様の顔合わせもまた見物にございます。眼千両の舞台に一首千両の酔いどれ様、二人千両の顔合わせにおりょう様ときては、盆芝居は葺屋町《ふきやちょう》のみならず、すでに初日の大入り満員も間違いなし。座元の高笑いが二新作の評判も上々で、すでに江都に大旋風を巻き起こすことは間違いなし。丁町界隈に響き渡っているとか、芝居町のもっぱらの噂にございます」

梅五郎が小籐次を再び見た。

小籐次はすでに菜切り包丁の研ぎに入っていたが、読売の調子が空蔵の筆ではないなと考えていた。

他の読売屋の特ダネに空蔵の歯ぎしりが聞こえるようだと、小籐次は内心思っていた。

「おいおい、読売には御鑓拝借の経緯が詳しく説明されているぜ」

「お義父つぁん、赤目様にうちの店先で働いてもらってよいものかね」

おふさが案じた。

「千両役者岩井半四郎様が、赤目様の到来を心待ちになさっておられるのですよ。そんなお方を地べたに筵一枚敷いて研ぎ仕事をさせていいの」

「研ぎは赤目様の仕事だからな」

梅五郎が小籐次を窺《うかが》った。

「おふささん、八百常の菜切り、長いこと手入れをせずに使い込んだとみえる。柄の修理は叶わぬ。なんぞ柄に代わるものはないか」

「赤目様、八百常の菜切りの柄を案じている場合じゃないぜ」

「なぜじゃな」

「だから、芝居見物よ」

「煩わしいことになったな」

小籐次は読売にいささか不安を覚えていた。

御鑓拝借の一件を再び書き加えたという箇所にだ。

この事件は、小籐次が戦った肥前《ひぜん》小城藩など四大名家にとっては決して名誉なことではないからだ。

あの騒ぎ以後、小籐次は幾度となく四家が密かに放った刺客と戦いを繰り返してきた。なかんずく武士道の心得を説いた葉隠《はがくれ》精神が今に伝わる小城藩との死闘は壮絶を極めていた。

近頃、忘れられていた御鑓拝借の無念を雪《すす》がんとする輩《やから》が出ねばよいが、と小籐次は包丁を研ぎながら考えていた。

小籐次の返事に梅五郎は、

「それだけですかい」

「他になにがある」

と小籐次は仕事に戻っていった。

「赤目様、うちの道具のすげかえ用に何本か柄がとってあるぜ。そいつを使って下さいまし」

神太郎の言葉に小籐次が振り向き、

「それはありがたい」

と礼を述べた。

「やいやい、てめえら。いくら読売が酔いどれ様のことを書いているといって、怠けるんじゃねえ」

自ら大騒ぎをした梅五郎の怒鳴り声に職人たちが仕事に戻った。

神太郎にもらった柄は、菜切り包丁にはいささか立派すぎた。小籐次が研ぎ上げた包丁を柄にすげてみると、別物のような道具になった。

「おふささん、八百常に返してくれぬか」

「赤目様、ほんとうに研ぎ代はいいの」

「こちらが願った仕事じゃ」

「仕事をしてお代をとらないんじゃあ、商売あがったりよ」

と言いながら、おふさが菜切り包丁を八百常に返しに行った。

小籐次は備前屋の道具の研ぎにかかった。こちらは長年遣い込んだ職人の道具だ。道具も大小あり、刃の形もそれぞれ違っていた。また使う職人によって癖があり、それが刃に反映していた。そのような職人の癖を残しながら、一本一本丁寧に研ぎ上げた。

「赤目様、おろくさんが研ぎ代だって真桑瓜《まくわうり》をくれたわ」

とおふさが両腕に大きな真桑瓜を抱えて戻ってきた。

「井戸水で冷やし、一太郎坊と駿太郎に食べさせてくれぬか」

「二人だけでは食べきれないわ。昼餉の後、皆に出していい」

「そうして下され」

小籐次は研ぎの手を休めて駒形堂の方角を見た。

今日もめらめらと陽炎が立ち昇り、往来する人馬の影がゆらゆらと揺れていた。

「いつまでこのうだるような暑さは続くんだ。暦のうえでは秋がもう来るというのによ」

と言いつつ、梅五郎は煙管《キセル》の吸い口にこよりを入れて羅宇《ラウ》の掃除を始めた。

「お父つぁん、実際に一番暑いのはこれからだぜ。盆芝居の最中、観音様の四万六千日の頃だ」

神太郎が父親に言い、

「違《ちげ》えねえや。七月十日にお参りすると、四万六千日分のお参りをした功徳があるというが、あの暑さの中に観音様にお参りに行ってみな、功徳どころか暑さでぽっくり逝くぜ」

と梅五郎が応じた。

備前屋の道具の研ぎは昼前に終わらなかったどころか、一日分は十分にあった。

小籐次は表から差し込む光を避けた日陰で仕事を続けた。

「はい、みんな、昼ご膳ですよ」

おふさの声に職人衆が一斉に手を止めた。

「赤目様も仕事を止めなせえ」

梅五郎に言われて、区切りのいいところで小籐次は昼前の仕事を終えた。裏庭の井戸に出て顔と手を洗った。おふさが八百常からもらってきた真桑瓜が盥《たらい》に涼しげに浮かんでいた。

備前屋の台所の板の間に行くと、すでに大勢の職人衆が素麺《そうめん》を啜り、じゃこと高菜を混ぜた握り飯をぱくついていた。

小籐次は、駿太郎と一太郎がおふさの世話で握り飯を食べているのを見た。

「駿太郎、食べる前にちゃんと挨拶はなしたか」

「じじ、うまい」

「駿太郎、美味いのは分っておる。そなたはいくら裏長屋育ちとは申せ、侍の子じゃ。挨拶くらいできんとな」

「じじ、うまい」

駿太郎は一太郎と競うように握り飯を頬張《ほおば》り、素麺を啜っていた。

「子供の時分は、侍の子も町人もあるものか。挨拶なんぞ後回しだ」

と言う梅五郎の傍らに座し、薬味に刻み茗荷と青葱《あおねぎ》を加えただし汁で素麺を啜った小籐次は思わず、

「美味い。体じゅうに涼風が吹き抜けたようだ」

と洩らした。すると駿太郎が、

「じじ、うまいか」

と訊いてきた。

「美味いな」

「うまいうまい」

駿太郎と一太郎が掛け合いながら、食欲を見せた。

昼餉の後、浅草駒形堂界隈から人影が消えていた。それほどの猛暑で神太郎が、

「お父つぁん、四半刻ばかり昼寝をさせるぜ」

と職人衆の昼寝を許した。小籐次も梅五郎から、

「奥に行ってさ、ちょいと横になりませんかえ」

と誘われた。だが、

「昼寝はよいが、奥座敷では落ち着かぬ。この仕事場の端で寝させてもらおう」

と願って、職人衆が板の間や土間の思い思いの場所に体を休める間に筵を敷いて目を瞑《つむ》った。

駿太郎は一太郎と一緒に奥で休ませてもらったようだと思いながら、小籐次は、すとん

と眠りに落ちた。

四半刻後、昼寝をした小籐次はすっきりとした気分で研ぎ仕事を再開した。

表は相変わらず人影が絶えていた。だが、備前屋では小籐次や職人らが黙々と仕事を続けて、時が過ぎるのを忘れていた。

奥に一旦《いったん》引っ込んでいた梅五郎が再び姿を見せて、

「おや、もう仕事にかかっていなさったか」

と煙草盆を煙管の雁首《がんくび》で引き寄せたとき、人通りの絶えた路地の方角からばたばたと音が聞こえてきた。

「なんだい、冷飯草履《ひやめしぞうり》を叩きつけるような音はよ」

梅五郎が店から顔を表に突き出して、

「なんだなんだ、女四十七士の討ち入りか」

と驚きの声を上げた。

十数人の女衆が備前屋の店頭に姿を見せ、腰を折って囲むと、研ぎ仕事をする小籐次をとっくりと眺めた。その中に八百常のおろくもいた。

「このお方が眼千両と知り合いの酔いどれ様か。読売の記事は間違っているんじゃないのかね、おろくさんさ」

と女の一人が八百常のおかみに文句を言った。

「おふみさん、このお方が正真正銘の酔いどれ小籐次様なんだよ」

「薄汚い爺様じゃね。杜若半四郎と呼ばれる千両役者に盆芝居の初日に招《よ》ばれたなんて思えないよ」

と小籐次を前にしてあれこれと論《あげつら》った。

「おろくさん、何事だ」

梅五郎が昼前に怒らせたおろくに訊いた。

「酔いどれ様が研いだ包丁を使ったらさ、まるで切れ味が違うんだよ」

「だから、言ったじゃねえか」

「それでうちの客に酔いどれ様のことを宣伝これつとめたらさ、中の一人が、その酔いどれ様って、盆芝居の市村座に招ばれた赤目様じゃないかって言い始めてさ。あげく皆が騒ぎ出して、こちらに押し掛けてきたんだよ」

「話は分った。だがさ、おろくさん、なんでも木戸銭、見物料は要るもんだぜ。手にした包丁をこの赤目様に研いでほしいんだろ。順に並んでよ、包丁を置いていくんだ。夕暮れ前までにはたしかに研ぎ上げておくからよ、研ぎ代四十文を手に戻ってくるんだぜ」

と梅五郎が仕切り、十数丁の出刃や菜切り包丁が小籐次の前に置かれた。

「まあ、いくら眼千両と知り合いたって、この爺様の顔をいつまでも眺めているわけにもいかないよ。また夕暮れどきに戻ってくるよ」

と言い残した女衆が備前屋の表から消えると、
ふうっ
と職人衆が吐息を吐き、

「女もあれだけ集まると息苦しいな」

と感想を洩らした。

「親方、こちらの研ぎ残した道具は明日に回してよかろうか。この女衆の包丁が先のようだからな」

「うちは構わないよ。そうしなせえ」

と梅五郎が応じて、小籐次は手順を変えた。

四

町内の女衆から頼まれた最後の包丁を研ぎ上げたとき、すでに暮れ六つ（午後六時）は過ぎようとしていた。

梅五郎が、研ぎ上げた順に女たちの手元に届けに歩き、四十文の研ぎ代を集めてきた。

親方が最後の一本を届けに行き、小籐次は備前屋の職人衆と一緒に後片付けをした。そこへ親方が戻ってきて、

「赤目様、ご苦労だったな。女たちがどこも喜んでくれたぜ。職人の亭主が、おれの道具より切れ味がいい、と感心しきりだった長屋もあらあ」

「親方の家作に住む女衆もいようから、褒め言葉は控えめに聞かぬとな。それより親方自ら届けにこられて驚かれたであろう」

「近頃の女は、おれが大家だからって恐れ入ったりしねえや。それより、四十文を負けろとぬかす女ばかりだ。天下の酔いどれ小籐次様のお手を煩わせておいて太え了見だぜ」

と梅五郎が苦笑いした。

おふさが姿を見せて、

「駿太郎ちゃんは湯に入ってご飯食べたら眠くなったみたいで、うちの太郎坊と蚊帳《かや》の中で眠ったわよ」

と知らせてきた。

「一日じゅう一太郎とよく遊んでいたからな」

と応じた梅五郎が、

「赤目様、明日もうちで仕事だ。泊まっていかねえか。寝る部屋はいくらもあるぜ」

「備前屋は大所帯、場所に困りはしまいが、長屋でなにが待っているやも知れぬ。やはり戻ろうと存ずる」

「駿太郎ちゃんを起こすのは可哀想よ」

おふさの言葉に頷いた梅五郎が、

「駿太郎ちゃんと道具をうちに預かろうじゃないか。そのほうが赤目様も身軽に往来できよう」

「お義父つぁん、いい考えよ」

とおふさが言い出し、

「そのような厚かましいことをお願いできようか」

「決まった」

と梅五郎が言い、

「となれば赤目様、夕餉くらい食べていって下せえ」

「いや、そうなればまた神輿《みこし》を据えることになる。このまま一気に大川を下るほうがいい」

「赤目様を頼りにされる人が大勢おられるから、無理にとは言わねえ」

梅五郎はなんとも残念そうだ。

小籐次は研ぎ道具を備前屋の広土間の片隅に片付けた。

すると、おふさが心得て、重箱に夕餉の菜と飯を詰めた弁当と、貧乏徳利に茶碗を持たせてくれた。

「至れり尽くせり、申し訳ござらぬ。こちらのお道具の手入れ代は要らぬでな」

「赤目様、そんなこっちゃ、生計《たつき》が立ちませんぜ」

と梅五郎が笑い、小籐次は頂戴した弁当と貧乏徳利を持って備前屋を辞去した。

駒形堂の岸に舫った小舟に小籐次が乗り込んだのは六つ半（午後七時）の頃合いで、大川には納涼船が三味線の爪弾きを聞かせながら上流に向っていた。

小籐次は、おふさの好意の貧乏徳利から茶碗に一杯注いで、きゅっと喉を鳴らして飲んだ。

おかみさん連の急ぎ仕事の包丁を一気に研ぎ上げたので、喉がからからに渇いていた。そこへ酒が入ったのだ。五体に染みわたるとはこのことか、乾いた地面が雨水を吸い込むように小籐次を蘇らせた。

舫い綱を外し、小舟を大川へと乗り出し一気に下った。

芝口新町の新兵衛長屋に戻りついたとき、五つ（午後八時）前で、当然町内の湯屋はもう湯を落としていた。

小籐次は小舟を石垣に舫い、弁当と貧乏徳利を下げて、ひょいと長屋の裏庭に飛び上がった。すると気配を感じたか、夜風にあたっていた勝五郎が、

「おお、遅かったな。駿ちゃんはどうしたえ」

と訊いてきた。

「お得意先の備前屋さんが駿太郎と道具を預かってくれた。明日も備前屋の道具を手入れするでな、朝には戻らねばならないのだ」

「そいつはご苦労なこった」

「井戸端で汗を流す。勝五郎どの、備前屋で頂戴した酒を付き合うてくれぬか」

と縁台の端に弁当と徳利を置いた。

「酔いどれ様の働き賃をかっさらうようで悪いな」

と言いながら、勝五郎は部屋に茶碗を取りに行った。

小籐次も部屋に戻ると、腰の大小を抜いて上がり框に置き、着替えの下帯と古浴衣と手拭いを持って井戸端に戻った。すると、勝五郎が釣瓶《つるべ》で盥に水を張っていてくれた。

「これくらいしねえと酒を飲みにくい」

「そのような遠慮は要らぬ。年寄りの裸を見ても致し方あるまい。縁台に戻って酒を飲んでいて下され。備前屋は浅草寺御用達の畳職、飲みもの食いものは奢っておられる」

と勝五郎に言うと、一日着ていた単衣《ひとえ》を脱いで下帯一本になって盥の水を被り、

「気持ちよいわ」

と息をもらした。

「お蔭でさっぱりした」

「まず一杯」

勝五郎が茶碗に酒を注いで小籐次に渡してくれた。

「頂戴しよう」

しみじみと酒を喉に落とした。

「四斗樽を据えて飲むのもいいが、おれらには貧乏徳利でちびちび飲むのが似合

いだね。落ち着くぜ」

「勝五郎どの、この前のような四斗樽を前に飲むなど、滅多にあるものではないぞ」

「いかにもいかにも」

と答えた勝五郎が、

「最前から、戻ってきたら恨みの一つも言おうとしてたんだが、うっかり忘れるところだったぜ」

「ほう、わしに恨みつらみがござったか」

「思い出した。眼千両のネタ、よその読売屋がかっさらって行きやがったじゃねえか。なぜ早く知らせてくれねえ」

「話す間がなかったのじゃ」

「赤目小籐次様がらみはおれのものだと思っていたら、十軒店裏の読売屋の炭屋に足元をすくわれちまったよ」

読売屋の炭屋は、勝五郎が世話になる空蔵の読売屋とは抜いたり抜かれたりする間柄だ。炭屋が読売屋に転じたせいで炭屋の屋号を使っていた。

「それは致し方なかろう」

「旦那が、こんなネタはどうだとおれに言ってくれないもんだから、あのネタを抜かれたんだよ」

勝五郎は重ねて文句をつけた。

「備前屋の嫁が読売を持ってきて、親方が読み聞かせてくれたが、空蔵さんの筆遣いとは少々違うなと思っておった」

「そんな暢気なこっちゃないよ。かんかんになったほら蔵が長屋に乗り込んできて、さんざん怒られちまったんだぜ」

と勝五郎がぼやいた。

「それは気の毒なことをした」

「眼千両に一首千両、二人千両なんぞ書きやがってよ。おれは指を咥《くわ》えて見ているだけだ」

「それはすまなかった」

小籐次は重箱の蓋を開いた。

「さわらの味噌漬けの焼き物に竹の子の煮物か。たしかに備前屋は奢ってるぜ」

「摘んでくれ」

「味見してみるか」

勝五郎は竹の子と一緒に煮た昆布を摘んで、

「いい出汁《だし》だ」

と感嘆した。

「勝五郎どの、炭屋は余計なことを書いてしもうた。四家の家中に再び火を付けるような書き方をしたのじゃ。この話に御鑓拝借の経緯など書く要はあるまい。なにも起こらねばよいが。梅五郎親方の読む声を聞きながら、胸騒ぎがしたぞ」

「おれも思ったね」

と相槌《あいづち》を打った勝五郎だが、

「待てよ。また御鑓拝借の騒ぎが再燃すると、ほら蔵とおれの仕事が忙しくなるって寸法だ。よおし、この次こそ最初におれに知らせてくれよ、酔いどれ様」

「他人の迷惑で稼ごうなんて了見はよくないぞ」

「とはいうが、これが読売の商いなんだ」

勝五郎が竹の子を手で摘んで口に放り込んだ。

新兵衛長屋の庭での酒盛りは、貧乏徳利の酒が切れたところでお仕舞いになった。

小籐次は残った菜で豆飯を搔き込み、満腹して部屋に入った。

このところの炎暑の名残りが、夜になってもまだ九尺二間の狭い空間に漂っていた。

格子窓を開けたくらいでは、とても涼気など入ってきそうにない。

小籐次は板の間に茣蓙を敷いて横になった。だが、輾転反側《てんてんはんそく》してなかなか眠りはやってこなかった。

夜半九つの時鐘が新兵衛長屋に響いてきて、小籐次は浅い眠りに落ちた。

どれほど時間が経《た》ったか。

小籐次は水面《みなも》を差す竿の音を半醒半睡のなかで聞いたように思った。そして、忍び寄る殺気が新兵衛長屋を包み込んだ。

小籐次は傍らに置いた次直を手にすると、むっくりと起き上がった。

狭い板の間だ。なにがどこにあるのか、承知していた。

まず次直を古浴衣の帯に差した。続いて手探りで竹とんぼを二本ほど摑んだ。

静かに土間に下り、姿勢を低くしてしゃがむと、

そおっ

と腰高障子を持ち上げるように開いた。低い姿勢のまま敷居を跨《また》ぎ、どぶ板を踏まないように裏庭に出た。

堀留に二艘の船が接岸しようとして、黒装束の人影十数人が乗っていた。

一艘目が舳先を石垣にぶつけて一人目が船から庭に飛び移ろうとした。

小籐次は竹とんぼを指で捻り上げると放した。

ぶうーん
と羽音を立てて地表を低く這った竹とんぼが不意に上昇し、庭に飛び移った影の顎を回転する羽根が切り裂いた。

あっ
と驚いた影が思わず後ずさりして堀留の水に落ち、水音を立てた。

さらに二つ目の竹とんぼが船に立ち上がった影の頬を襲い、なにが起こっているのか、事態が分らない影は体の均衡を崩して堀に落ちた。

「灯りを付けよ」

「灯りを点してはならぬ」

二つの命が交錯した。

小籐次は影のみなりをかすかな月明かりで確かめた。

羽織袴は、二艘の船でもほんの二、三人、残りの面々は旅の垢《あか》が染みた衣服に見えた。大半の人影が赤目小籐次とは初めての対面、金銭で雇われた者たちのようだった。

小籐次は物干し竿を手にすると、堀留の岸辺に立った。

「何奴か」

相手が誰何《すいか》した。

赤目小籐次と名乗ると、一味の頭分か、羽織袴がしわがれ声で、
しゃっ
と驚きの奇声を発した。

「夜陰に乗じて大勢で町人の住む長屋を囲むなど不穏極まる。何事か」

「赤目小籐次、そなたの命、もらい受けた」

「だれに頼まれたな」

「せからしか」

と西国訛りが応じた。

「どうやら御鑓拝借の四家に、目腐れ金で赤目小籐次殺しを頼まれたな」

一団から返答はない。ないことが小籐次の問いに答えていると推測がついた。

「押し包んで殺せ」

「夜襲を察せられてはもはや企ては終わりじゃ。引き上げよ」

「相手は一人、一気に殺せ」

二艘の船から人影が新兵衛長屋の庭に殺到しようとした。

小籐次は八尺ほどの物干し竿を構えると、

「来島水軍流の竿差し、食ろうてみるか」

と素早くしごき、まず石垣に飛び移った影の胸をぽんと突くと、姿勢が定まらない相手が堀留に、
ざぶん
と水音を立てて落下した。

さらに小籐次の竿が目にも留まらぬ早さで前後に動き、二人三人と喉元や腹部を突かれて堀に落下していった。

「悟られてはもはや致し方ないわ。引き上げじゃ」

と、これまで言葉を発しなかった人影が厳しい声で命じた。

「桐村どの、このままでは」

しわがれ声が抗議した。

「そなたら、兵法を知らぬか。奇襲が悟られたと知ったとき、すでに企ては失敗に終わっておる。あのとき、引き上げるべきであった。引き上げじゃあ」

と桐村某《なにがし》が潔くも最後の断を下した。

「ならば、堀に落ちた者を引き上げることを許す」

物干し竿を小脇に掻い込んだ小籐次が言うと、まだ堀留に身を浸けていた面々を船の縁から引き上げ、新兵衛長屋から撤退していった。

「赤目の旦那、物盗《と》りか」

勝五郎の寝ぼけた声が問うた。小籐次が振り向くと、長屋の住人が何人か立っていた。

「騒ぎで起こしたか。相すまぬことであった」

と詫びた小籐次は、

「勝五郎どの、新兵衛長屋に物盗りもあるまい」

「盗るものがないときたか。いや、この前、旦那は三人の子の命を救った礼に五十両もらったな」

「あの金子はもはや手元にない。使い道が生じたで、とあるお方にすでに渡してある」

「そうだったのか」

「しっかりしなされよ。あやつら、炭屋の読売に触発されて、わしの命を狙うた面々だ」

「えっ、あいつら、炭屋の読売で本気になったのか。こいつは驚いたぜ、参ったな」

と応じた勝五郎が、

「となると、あいつらを庭に上げてさ、叩きのめせばよかったんだよ。そしたら、読売のネタになったのにな」

「馬鹿を言うてはいかぬ。読売のために長屋の住人に怪我をさせたらどうなる。水際で食い止めた。これでよいのだ」

「そうかねえ、目が覚めちまったよ」

「わしは小便をして寝る」

小籐次は物干しに竿を戻すと厠に行き、用を足して部屋に戻った。そして、板の間に敷いた莫蓙の上に体を横たえながら、

（桐村某）

のことを、御鑓拝借で縁ができた四家の者を呼んで厳しく糾弾せねばならんなと考えながら、二度目の眠りに就いた。

朝目覚めると、小籐次はまず筆先のちびた筆で書状を一通書き上げた。宛名は赤穂《あこう》藩森家家臣の古田寿三郎だ。

御鑓拝借で小籐次が参勤交代下番《かばん》途中の行列を襲った四家は、赤穂藩森家、丸亀《まるがめ》藩京極《きょうごく》家、臼杵《うすき》藩稲葉家、そして、小城藩の鍋島家だ。この中でも一番武名を重んじ、

「赤目小籐次、許すまじ」

の強硬派は鍋島家だ。

だが、江戸で騒ぎを起こすことを鍋島家が許すわけもない。それでも鍋島家が密かに刺客を放ってきたのは一度や二度ではない。

小籐次は、四家に御鑓先を返却した経緯を通じて知り合った四家の家臣古田らと今も連絡を保ち、その都度この者たちを通じて騒ぎを鎮めてきたのだ。

小籐次は書状を持って部屋の戸を開けた。すると、ばったり勝五郎と顔を合わせた。

「勝五郎どの、頼みがある。この書状、芝新明前の赤穂藩上屋敷に届けてくれぬか」

「おっと、昨夜の騒ぎの一件だな。ネタになりそうか」

「さて、それは知らぬ。だが、火の元は小さいうちに消しておかぬとな」

と小籐次は書状を勝五郎に渡した。

「おれのほうは、ぼうぼうと燃え盛ったほうがいいんだがな」

と言いながらも引き受けてくれた。

第四章　国三の失態

一

小籐次は、駿太郎が初めての家で一夜を無事に過ごすことができたかどうか案じつつ浅草駒形堂の岸辺に小舟を寄せると、備前屋の梅五郎が自分の孫の一太郎と駿太郎の手を引いて待ち受けていた。

「駿太郎、備前屋の皆さんに迷惑をかけなかったか、寝小便はもらさなかったか」

と小舟の上から叫ぶと、腹がけ姿の駿太郎が、

「じじ、じじ」

と叫んで手を振った。すると一太郎まで真似て、

「じじ、じじ」

と呼んだ。

「親方、一晩でうんざりなされたのではないか。それで迎えに出てこられたな。相すまぬことを致した」

小籐次は小舟を岸辺に着けると、手早く舫い綱を棒杭に巻き付け、空の重箱と貧乏徳利を提げて岸辺に飛び上がった。

駿太郎が小籐次に歩み寄ってきたが、格別泣き顔でもなく、町内の知り合いに寄って行く程度の動きだった。

「なんだ、そなた、じじ様に会うて嬉しくはないか」

そう話しかけられた駿太郎が梅五郎を振り向き、

「じじ、じじ」

と呼んだ。

「赤目様、わっしらにとって目に入れても痛くない孫や子だが、駿太郎ちゃんや一太郎にとってはどちらもただの爺様だ」

「なんということか。爺は駿太郎が泣いていないか、ぐずっておらぬかと心配して、汗みどろで櫓を漕いできたのだぞ」

と文句を言った。

赫々たる朝陽がすでに大川を照らし付けて、今日も厳しい日になることは確かだった。

「赤目様、おふさが夜中に起きた駿太郎ちゃんを小便に連れていっておっぱいを吸わせると、そいつを飲みながら直ぐにまた眠り込んだそうだぜ。一太郎よりずっと手がかからないって感心しきりだ」

「ほう、真にござるか」

「そんなこと、嘘を言ってどうなる」

「駿太郎は母親の温もりを知らずに育った子ゆえ、おふささんのおっぱいに母親を感じたのかのう。一太郎どの、そなたのおっぱいを借りてすまなかったな」

小籐次は思わず相好《そうごう》を崩しながら一太郎に詫びた。

「駿太郎ちゃんには一本土性骨《どしょうぼね》が通っている、やはりお武家様の血筋は違う、と神太郎も言っていた。反対にさ、うちの一太郎が他人様の家に泊まることにでもなったら、一晩じゅう、おっ母おっ母と泣き叫んで眠るどころじゃあるまいというのさ」

「なあに、一太郎坊も備前屋の跡取りじゃ。そのときになればちゃんとしなさる。

心配いらぬ」

「そうかねえ」

梅五郎が駿太郎の、小籐次が一太郎の手を引いて備前屋に向った。

「長屋はこともなしかね、赤目様」

「それが、早速ござったぞ」

「なんだえ、早速ござったってのは」

「昨日の読売の影響か、丑三《うしみ》つ時に船二艘に分乗し、新兵衛長屋を襲おうとした連中がいたのだ。偶々気付いてな」

「えっ、ほんとうに出やがったか。武家だろうな、そんな乱暴なことをやろうというのは」

「大名家の奉公人と思える者はせいぜい二人か三人かのう。あとは金子で雇われた、江戸に巣くう浪人や旅の武芸者の寄せ集めだ」

「新兵衛長屋でそのような連中が命を狙うとしたら、まず赤目様をおいて他にあるまい」

「わしの命をと頼まれて、事情も知らずに安請け合いした手合いであろう。長屋の庭に入り込む前に竹とんぼを飛ばして襲ったでな、二人ばかりが堀留に落ちた。

さらに物干し竿であと一人二人突き落としたで、あっさりと引き上げおった」

「御鑓拝借の関わりか」

「まずそのあたりとは思うたが、こちらに参る間、小舟を漕ぎながらふと疑いが生じた」

「なんだね、疑いとは」

「あの四家は、親方もご存じのとおりわしと深い因縁があって、さんざん戦いを繰り返してきた仲だ。もし四家が本気で赤目小籐次を殺すと考えたならば、あのような烏合《うごう》の衆を送り込むかどうか」

「公方《くぼう》様のお膝元の江戸でしばしば騒ぎを起こすのは小城藩や丸亀藩にとってどんなことか、藩邸のお偉方も知らぬわけじゃねえものな」

梅五郎も小籐次の疑いに賛意を示した。

備前屋の店先は職人衆が掃き掃除をし、打ち水をして清々しかった。

それに小籐次の研ぎ場はすでに設けられ、その場所の軒先にすだれがかかって日陰になる工夫までされていた。

職人衆は仕事の仕度をして朝餉を食している刻限か。

「これは恐縮にござる」

「赤目様が夜中に打々発止《ちょうちょうはっし》をやったんだ。この梅五郎も少しは働かねえと、三度の飯がうまくないからな」

と笑った梅五郎が、

「まずは朝餉だ」

と小籐次を誘った。

「昨夜はお重に馳走を頂戴し、朝餉まで頂けるとは、上げ膳据え膳のお殿様になったようじゃ。親方はまだ食べておられぬのか」

「赤目様を待っておりましたでな。ですが、この二人、駿ちゃんも一太郎もすでに朝餉は終わっておりますよ」

梅五郎が敷居を跨ぐと、二人の子もよいしょと敷居を踏まないように広土間に入り、二人の爺様の手を振り払い、

「おっ母さん」

と一太郎は叫び、駿太郎は、

「おふさ」

と呼びながら奥へ駆け込んでいった。

小籐次は、朝餉を頂戴した後、昨日研ぎ残した備前屋の道具の手入れから仕事を始めた。その傍らの縁台に煙草盆を置いて梅五郎が座しているのはいつものとおりだ。

金竜山浅草寺御用達の備前屋は、四万六千日を前に寺中《じちゅう》の寺から注文を受けているらしく、仕事が殺到していた。

だから、職人衆自ら道具の手入れをする暇がなかった。それだけに刃先の切れが悪くなった道具がいくらでもあり、小籐次の研ぎ場に、

「赤目様、刃が鈍くなりやがった」

とか、

「おれが先だ、源の字」

と言い合いながら、次々に届けられた。

その度に梅五郎が、田吉、まずおれに見せてみろ、と道具を点検して、

「田吉、とくと見てみねえ。道具の使い方が悪いから刃が片減りばかりするんだよ。名人上手の職人なら、こんなに無理がかかった使い方はしねえや。こんなことはな、自分で道具を手入れして気がつくようになるもんだ」

「隠居、おれっちが研いでいた分には注文が間に合いませんぜ」

「口だけは一人前になりやがって。田吉、おれは隠居じゃねえ」

「親方、ですかい」

田吉に反論された梅五郎が、う、うーんと唸り、

「赤目様の仕事の邪魔をしながら煙草ばかり吸ってるようじゃ、親方じゃねえな。さて、この梅五郎とは何者か」

と役者の口上よろしく見得を切ると、一太郎と駿太郎が店の奥から顔を覗かせて、

「じじ、じじ」

と叫んだ。

「どうやら、おれはただの爺様らしいな」

「親方、致し方ない。われら、すでに五十路《いそじ》を超えた立派な爺様親方に爺様研ぎ屋にござるよ」

小籐次がもくず蟹の面を上げて破顔した。

備前屋の道具は昼前に手入れが済んだ。町内のおかみさん連が出刃や菜切りを持参して研ぎを頼むには刻限が早かった。といって、どこかに場所を変えるには暑くもあった。

そんな様子を見た梅五郎が、

「町内をひと回りしてこようか。手入れが要る道具の五本や六本直ぐに集まるぜ」

「親方、ご親切な申し出なれどお断わりしよう。この界隈で、備前屋の親方に包丁を研ぎに出せと言われれば、都合が悪くてもどなたも出されよう。それではかような研ぎ商いはいかぬ。まあ、待つのも仕事のうちだ」

と答える小籐次に神太郎が、

「おっと、思い出した」

と叫んだ。

「赤目様、うちの隣り町は三間町だ。その裏路地に、昔から包丁鍛冶の名人鍛冶正が、五代前からとんてんかんとんてんかんと作業をしている。当代の正五郎は祭り仲間でね、鍛冶の腕はこの界隈の料理茶屋や食い物屋や魚屋が贔屓にするほどだ」

と言うと、さらに言葉を継いだ。

「この鍛冶正の包丁の切れ味の一端は、研ぎ師の与作爺が貢献していたんだが、与作爺が先月ぽっくりと逝きやがった。鍛冶正の親方が大困りでさ。自分たちで研いではいるが、切れ味が全く違うと料理人から文句をつけられ、大弱りだそうだ。そんなところで鍛冶正の当代とばったり往来で会ったと思いねえ。すると正五郎が、おまえさんのところに酔いどれ様が研ぎに姿を見せるんだってな、おれのところの刃物も研いでもらえないか、と頼まれていたんだ」

「神太郎、そんな大事なこと、なぜ早く言わねえ」

「お父つぁん、忘れてたんだよ」

「おれがひとっ走り、正五郎のところから出来合いの包丁を預かってこよう」

と梅五郎が立ち上がった。

「親方、ちとお待ち下され」

小籐次も梅五郎の性急さに慌てた。

「包丁鍛冶の品では不足か、酔いどれ様」

「そうではござらぬ。備前屋はこの界隈の大店、浅草寺出入りの老舗でござろう。先ほども言うたが、その親方がいきなり姿を見せ、包丁を研ぎに出せと命じられたら断わりようもあるまい。それでは商いが無理強いになる」

「だってよ、神太郎が頼まれたんだぜ」

「鍛冶正どのはわしの研ぎを知らぬ。知らぬうちからさあ取引だと言われても、不安も残ろう。わしがまず鍛冶正に参り、見本研ぎを致して、それでよいかどうか親方に判断してもらおう」

「酔いどれ様の研ぎの腕前はこの梅五郎が承知だ。鍛冶正なんぞに四の五の言わせないがねえ」

「お義父つぁん、それがいけないと赤目様はおっしゃっているのよ。お互いが得心してこそ、職人同士の商いは成り立つものよ」

奥で成り行きを窺っていた様子のおふさに言われて、梅五郎が、

「おれの出番はどこにもねえか」

と縁台に腰を下ろした。

「まあ、様子を見て参るでな。その首尾次第で親方の出番もござろう」

小籐次は桶の水を表に撒いて、砥石類を桶の中に入れた。

刀鍛冶も包丁鍛冶も道具立ては変わりない。およそ二間四方の土間に注連縄《しめなわ》を張って神棚には天目一命《あめのまひとつのみこと》、金屋神《かなやがみ》などの祭神を祀《まつ》り、ふいごの傍らの横座と呼ばれる円座が刀鍛冶の座る場所だ。

武士の腰を飾る刀だ。鍛造も厳しく幾工程もあって、刃に魂を吹き込むように刀鍛冶と鎚《つち》との二人の共同作業が何カ月も続く。

一方、包丁鍛冶は仕事場も工程もおよそ似ていたが、暮らしの中で使われる刃物ゆえに作業の時間もかぎられ、鍛冶場に刀造りのような張り詰めた空気はない。

小籐次が破れ笠で陽差しを避けながら浅草三間町の路地に入っていくと、鉄床に置いた包丁を小鎚で打つ音が響いてきた。

間口四間、その半分は住まいになっていた。

包丁鍛冶は包丁のほかに鉈《なた》、剃刀《かみそり》、毛抜き、鎌、釘などを鍛造した。だが、鍛冶正は包丁一筋のようであった。

「ご免、鍛冶正の親方の仕事場じゃな」

と呼びかける小籐次の声に、鎚を持つ若い衆が仕事を止め、親方が顔を上げた。

「おまえ様は」

「備前屋の神太郎さんの口利きで参った赤目小籐次にござる」

ごくり

と唾を飲む音がして、

「御鑓拝借の酔いどれ様が直々にうちに参られた」

と呆然と呟いた。

「わしは研ぎ屋が商売ゆえ、どのような家にも店にも参る。じゃが、こちらは初めてゆえ、親方、わしの手を試して下され。注文はその出来次第にしてもらいたい」

「赤目様の腕前は神太郎さんからさんざ聞かされておりますよ。本来なら、わっしのような包丁鍛冶が頼める赤目様ではございますまい」

半畳の畳に腰を下ろした鍛冶正六代目の正五郎は、役者のような顔立ちだった。

「茂八、最前鍛《う》ち上げた包丁を持ってこい」

と命じた正五郎が土間の隅に視線をやった。死んだという与作爺の研ぎ場であろう。

「あそこを借りてよかろうか」

「赤目様、好きなようにして下せえ」

小籐次は桶に水をもらい、水に浸した砥石類を並べた。茂八が持ってきたのは刺身包丁だった。

刃には鍛冶押もかけられていなかった。鍛冶押とは、粗研ぎをかけて肉置《にくおき》を整える作業だ。

小籐次は鍛冶押の作業から包丁の粗研ぎを始めた。

刺身包丁の研ぎとなれば、刀の研ぎと工程は変わりない。

持参した砥石は刀研ぎに適したほどの種類はなかった。それでも、金剛砂砥《こんごうしゃど》、大村砥《おおむらど》、名倉砥《なぐらど》が数種類、刃艶《はづや》、地艶《じづや》を出す艶砥もあった。

これらの砥石類を使って下地研ぎから艶砥をかけ、最後には拭いをかけた。

小籐次が一心不乱の作業を終えて顔を上げると、正五郎がじいっと小籐次の仕事ぶりを見ていた。

「親方、お調べ願おうか」

「いや、もはや見ずともようございます。神太郎さんが赤目様の仕事ぶりを熱心に話してくれたが、これほどとは思わなかった。赤目様、あなた様の仕事はうちの研ぎには勿体《もったい》ねえ」

正五郎が刺身包丁を手にすると、切っ先をまず調べた。

刀研ぎが最後に仕上げる箇所だ。これを鋩子《ぼうし》なるめといって、研ぎ師の腕の上手下手が現れるところだ。

うーん

と鍛冶正が唸り、

「うちには勿体ねえ」

とまた言った。

「駄目にござるか」

「勿体ねえと言っているんで」

と答えた鍛冶正が、

「赤目様、うちの注文は八百善のような料理屋の調理人が使う包丁から裏長屋のかみさんが用いる菜切りまでいろいろとございますので。もしできることなれば、わっしは料理人が仕事に用いる包丁の研ぎを赤目様に願いとうございます。研ぎ代は、わっしを名指しで注文してくれた客の料理人と相談のうえ、その答えを持って備前屋に伺います」

「安心致した」

と小籐次も吐息をついた。

二

駿太郎を連れた小籐次が陽のあるうちに新兵衛長屋に戻ると、勝五郎が所在なげな顔で庭に立っていた。

「今日も空蔵さんのところから仕事は来ぬか」

「来ないな。これじゃあ、釜の蓋があかないなんて暢気なことは言ってられないぜ。一家で飢え死にするしかねえや」

小籐次は自嘲《じちょう》する勝五郎に駿太郎を託し、

「湯に参らぬか。まだ湯は落としていまい」

「夏の盛りだ、仕事帰りの男を目当てにやっているよ。行くか」

話はたちまち決まった。

道具を部屋に運び込んだ小籐次は、駿太郎と自分の着替えを風呂敷に包み、仕事着の袴も脱いだ。着流しの腰に次直だけを残し、脇差は小籐次が板壁に自ら工夫した刀隠しに仕舞った。

刀隠しには孫六兼元《まごろくかねもと》と蓄えの四両と小粒があった。一枚の小判を懐にねじ込んだ小籐次は、駿太郎の手を引き、木戸口で手拭いを振り回して待つ勝五郎と、町内の加賀湯に向った。

晩夏の陽が傾き、芝口新町界隈を赤とんぼが飛び交っていた。

「勝五郎さん、銭はあるか」

「湯銭はおっ母にもらってきた」

「そうではない。釜の蓋があかぬときいたでな」

「そっちか。米屋、味噌屋、油屋なんぞの店の前は顔をそむけてこそこそと、まるで盗人《ぬすっと》の道行きだ」

辻褄《つじつま》の合わないことを答えた勝五郎に、小籐次は用意してきた一両を差し出した。

「盗人が道行きなんぞするものか。当座の費《つい》えになされ」

「なにっ、貸してくれるのか」

「役立つならばなによりだ」

「助かった。だがよ、旦那のところは大丈夫か」

「備前屋の神太郎どのの口利きで、包丁鍛冶の仕事をすることになりそうじゃ。鍛冶正の六代目という名人だそうな」

「浅草三間町の鍛冶正か。先々代あたりから鍛冶正の包丁は刀でいえば正宗か孫六だって評判でな、鍛冶正の道具を使いこなして料理人は一人前といわれる包丁鍛冶だぜ。旦那、いいところに口を利いてもらったな。だが、仕事は厳しい、覚悟しな。いくら得意先の口利きといっても、そう簡単に包丁を研がせてはもらえまいぜ」

「いや、本日、刺身包丁を一本粗研ぎから仕上げて参った。そのうえでの話だ」

うーむ、と加賀湯の前で勝五郎が足を止め、首を傾げて思案した。

「鍛治正六代目に酔いどれ様の研ぎが加わるか。読売の記事にしては地味な小ネタだな。一応、ほら蔵に話してみるか」

勝五郎はまだ仕事を気にしていた。

小籐次は駿太郎を抱き上げると暖簾を潜った。

「いらっしゃい、酔いどれの旦那」

加賀湯の若い嫁のおうみが番台から声をかけてきた。

「この暑さ、いつまで続くのかしらね」

「江戸じゅうの人間が日干しになる。ひと雨あるといいがな」

勝五郎が表から入ってきて、

「おうみちゃんよ、この一両、預かってくれないか」

「一両で私を口説く気」

「馬鹿ぬかせ。たった今、酔いどれの旦那に、底をついた米櫃《こめびつ》に米を買えと借りた金子だ」

「あいよ」

とおうみが一両を受け取ったとき、湯屋の二階で、

「なにをするのよ、銭箱に手を突っ込んで！」
と小女《こおんな》のおそねの悲鳴が上がり、
だっだっだっ！
と梯子段を駆け下ってくる足音がした。
「勝五郎どの、駿太郎を頼む」
と抱いていた駿太郎を渡すと、梯子段の傍らにふわりと飛んだ。そこへ飛び降りてきたのは弊衣《へいい》蓬髪《ほうはつ》の浪人だった。
行灯の灯りに、片手に刀を持ち、もう一方の手には銭を摑んでいるのか握り締めているのが確かめられた。
小籐次の眼前を大きな影が過《よぎ》った。
小籐次は床に飛び下りようとした影の襟首を摑むと、身を預けながらひょいっと捻った。
くるり
と大きく回転した影が湯屋の板の間に背から叩きつけられるや、
きゅっ
と唸り声を上げて、手から刀が落ち、握っていた銭がそこいらに散らばった。

「勝五郎どの、難波橋の親分にご注進じゃ」

合点だ、と勝五郎が駿太郎を脱衣場の床に置くと、下駄を突っかけて飛び出していった。

小籐次が梯子段の上を見上げると、小女のおそねが呆然と立っていた。

「怪我はないか」

「け、怪我はありません。でも、売上げを、ぬ、盗まれました」

「案ずるな。売上げはここいらに散らばっておるわ」

その声を聞いたおそねの体ががたがたと震え始めた。

「赤目様、助かったよ」

番台のおうみが合掌した。

「それがし、仏様ではないぞ」

小籐次は板の間に長々と伸びた浪人者を見下ろした。風体からして食い詰めた挙句の所業と考えられた。

「このご時世ゆえ、わずかな銭を狙う者も出てくる」

浪人の前に片膝を突いた小籐次は襟首を摑んでひょいと肩に担ぎ、脱衣場に運んで下ろすと、手から吹きとんだ刀を拾って下げ緒を解いた。えらく軽い刀だった。

（竹光か）

下げ緒で後ろ手に縛り、柱に縛り付けた。

「鮮やかな手並みだね。ほれぼれする身のこなしだ」

と、どこぞの年寄りが褒めてくれた。

「これはどうも」

小籐次は腰の次直を抜くと、番台から下りて散らばった銭を拾うおうみに、

「それがしの刀を番台に預けておくが、よいか」

と頼んだ。

「はっ、はい」

梯子段をようやく下りてきたおそねが若嫁に加わり、銭を拾い始めた。

湯屋の二階にはどこも休み所があって武士の刀を預かる場所になっていた。また八公、熊さんが長話をしたり、将棋を指したり暇つぶしができるようになっていた。そして、夏は麦茶、冬は番茶を供して駄菓子なんぞを売った。

浪人は売上げの銭を狙ったのだ。

いくら客が多い季節とはいえ、駄菓子の売上げなんぞは高が知れていた。

小籐次は駿太郎の浴衣を脱がせると、自らも一日じゅう着ていた単衣の帯を解いた。

「じじ、湯に入った」

「なに、そなたは備前屋で湯浴みを済ませておるか。この季節、一日に何度入っても損はあるまい」

洗い場に下りると、柱に掛かった行灯の灯りで二、三人の客が浮かび、

「旦那、お手柄だ」

と隣り長屋の左官が褒めてくれた。過日、本所から四斗樽が運び込まれた際、分け合って飲んだ仲間だ。

「お手柄という話ではないわ。食うに困った者の出来心、このご時世ゆえの所業だ」

「旦那、苦しいのはだれも一緒だ。だからといって、皆が湯屋の銭箱に手を突っ込む法はないぜ」

「いかにもそれに違いない」

手に職のない浪人者が生きていくには厳しい世の中だった。

小籐次は貧乏な小名の下屋敷で育ったゆえに、父親から研ぎの技を、そして、

日々の食い扶持《ぶち》を稼ぐための内職で竹細工を覚えさせられた。

「芸は身を助く」

とはこのことか、とつくづく亡父と下屋敷の暮らしに感謝した。

体をざっと洗った小籐次は駿太郎の手を引いて柘榴口を潜った。

閉め切られた湯船のなかはむっとした温気《うんき》が漂っていた。

灯りがおぼろに照らす湯船に、頭に手拭いをのせた桂三郎が両目を閉じて独り湯に浸かっていた。

「おや、この刻限に湯かな、桂三郎どの」

目を開けた桂三郎が、

「赤目様に駿太郎ちゃんでしたか」

と応じて、

「この季節、湯でさっぱりしないと、夜がなかなか寝付かれません。近頃、舅どのは湯屋に来たがりません。そこでお麻と二人、庭で湯浴みさせて、私一人湯屋に参りますので」

新兵衛の娘婿の桂三郎は錺《かざり》職人だ。

駿太郎は湯船の縁を独りで跨いで、湯の中に入った。その様子を危なくないよ

うに見守っていた桂三郎が、

「駿太郎ちゃんはいつの間にか大きくなって」

と笑った。

「桂三郎どのの仕事はどうじゃな。そなたの仕事はまあ、分限者の内儀や娘さんや花魁《おいらん》衆が相手ゆえ、不景気には関わりないか」

「赤目様、とんでもないことでございます。たしかに注文の数は減ってはいません。ですが、一つひとつの値が安い簪《かんざし》なんぞの注文ばかりで、細工におもしろみがございませんので。お上は度々奢侈《しゃし》禁止のお触れを出されますが、どこのだれが贅沢《ぜいたく》な品を売り買いするというのです」

「まあ、この世の中、いいときも悪いときもござろう」

と小籐次が答えたとき、大きな裸が柘榴口を潜って姿を見せた。

難波橋の秀次親分だ。

「赤目様、湯屋に来てまでお働かせ申し、相すいませんね」

と笑みの顔で詫びながら湯船に入ってきて、
ざあっ
と湯が零れた。

「浪人とはいえ二本差しの武士が、湯屋の二階の銭箱に手を突っ込んで逃げようという話だ。見逃がす手もないわけではなかったが、小女を驚かせての所業ゆえ、手捕りに致した」

「品川からこの界隈の湯屋で、浪人者が銭箱に手を突っ込んで逃げる騒ぎが頻発しているんですよ。つい二日前、金杉橋の亀ノ湯で、抗《あらが》った娘が梯子段から突き落とされて大怪我を負っておりましてね、どうやら赤目様が手捕りになさった浪人の仕業かもしれませんので。このご時世、憐れみをかけるとえらいことになる」

と秀次が言い、両手で湯を掬い、顔をごしごしと洗った。

「親分、承知か。あの者の刀は竹光であった」

うっ

と驚きの声を洩らした秀次が小籐次を見た。

「手先に脇差と一緒に纏《まと》めて大番屋に持っていかせたんでね、気が付きませんでした。あやつ、刀もとっくの昔に質屋に曲げて、食い扶持にしやがったか。となると、湯屋の銭箱に手を突っ込むくらいしか手立てはございませんね」

と茫然自失《ぼうぜんじしつ》の表情を見せた。

「ご時世ですかね」

と事情が分った桂三郎が口を挟んだ。

「偶々二本差しの家系に生まれたゆえに、手に職をつけることをよしとせず、あの年まで生きてきた。そのような者は、どうにもこうにも潰《つぶ》しが利かぬ。親分は憐れみ無用と申されるが、わが同胞のようでな」

「とおっしゃる赤目様は、地道に研ぎ仕事で駿太郎さんまで養っておられますよ。たしかに浪人が働き口を探すのは難しいご時世です。でもね、赤目様同様、額に汗して家族のために食い扶持を稼ぐ二本差しがおられるのでございますよ。どのような理屈を並べようと、他人様の銭箱に手を突っ込んではいけねえや」

小籐次と桂三郎が大きく頷いた。

「親分、勝五郎どのはどうしたな」

「湯屋に来る道々、今のような話をしたら、勝五郎さん、読売屋にすっ飛んでいきましたぜ。半刻もすると空蔵さんが姿を見せるという寸法だ」

「湯屋の銭箱に手を突っ込む話が読売になるかのう」

「ほら蔵ならどんな細工もしますって。まあ、世間に注意を喚起する警鐘にはなりましょう」

と秀次が両手で湯を掬い、

「思いがけなく湯に入れたのもあの浪人のお蔭だ。文句も言えませんな」

と言って、

「おおっ、そうだ。大事なことを忘れていた」

と叫んだ。

「盆芝居の初日、葺屋町の市村座には奉行所から同心方が出張るそうですぜ」

「なんぞござるか」

「なんぞござるかじゃねえや。当の赤目小籐次様が眼千両の岩井半四郎様の招きで芝居見物でございましょう。そのせいで満員札止めは間違いなし、小屋の前は野次馬でごったがえして、怪我人が出てもいけないてんで、市村座の請右衛門頭取が奉行所に格別の警護をと申し出たんだそうですぜ」

「驚き入った次第じゃ。奉行所にまで迷惑をかけたか。お上の手を煩わすなど不届き至極である。岩井半四郎様に願うてお招きを取り下げよう」

「赤目様、もはや手遅れですよ」

「わしが参らねばよいことでござろう」

「この一件、一首千両の赤目様と眼千両の岩井半四郎の、二人千両が評判を呼んでおりましょう。これはね、芝居者がよく使う手にございましてね、新作興行を前にしての話題づくりにございますよ。お上も世間もそれを承知で乗っかっているのでございます」

「お上も世間も乗るとはどういうことかな、親分」

「へえ、お上にしたって、この不景気では金も米も動かない。たかが芝居興行かもしれませんが、なにかここいらあたりで景気をつけたいのでさ。世間もね、身売り、逃散《ちょうさん》や店終《じま》いの話ばかりでは暗い気持ちになりましょう。そこへさ、二人千両の出会いが市村座で実現するのでございますよ。赤目様、ここは一つ、己のことであって己のことではないといった、大らかな気持ちで、御神輿の上に鎮座していておくんなせえ」

小籐次は、岩井半四郎の招きにそのような企てがあるとは想像もしなかった。

「驚いたな。このような事態、岩井半四郎様も承知であろうか」

「大和屋も赤目様と一緒でさあ。酔いどれ小籐次様が自分の足袋作りの道具を研いでいると知った大和屋は、好意で赤目様を芝居見物に招いた。赤目様が承諾なされ、連れが大身旗本の奥方様と御歌学者の息女、それも才色兼備の北村おりょう様と知った市村座の座元が、よし、と話を膨らませたに違いないんで」

「神輿の鳳輦《ほうれん》は大和屋様」

「と酔いどれ様なんでございますよ」

ふうっ
と小籐次は湯の中で大きな息を吐き、

(おりょう様はこの騒ぎを承知であろうか)

と、そのことを気に掛けた。

湯屋の帰り道、駿太郎は二人の大人に手を引かれて歩いた。

不意に桂三郎が小籐次に言った。

「私には赤目様のお気持ちがよく分ります。ただの芝居見物がかように大仰になっては、芝居を楽しむどころではありませんよ」

「なんとも面倒じゃな」

しばらく沈黙して歩いていた桂三郎が、

「昨日、うちの長屋に船で押し掛けてきた一団がいたそうでございますね。赤目様の名が江都に高くなればなるほど、このような輩は跡を絶ちますまい。芝居小屋でなんぞ起こらねばいいが」

桂三郎の懸念の言葉を、小籐次は不意を衝《つ》かれた気持ちで聞いた。

三

桂三郎と長屋の木戸口で別れた小籐次、駿太郎親子がどぶ板を踏んでいくと、どこの部屋も蚊遣《かや》りの煙をもうもうと立ち昇らせていた。

小籐次が部屋の戸口で思わず庭に視線をやると、煙の向こうに四つの人影があるのが目に留まった。

御鑓拝借以来の馴染みの面々で、赤穂藩森家の古田寿三郎、臼杵藩稲葉家の村瀬朝吉郎、丸亀藩京極家の黒崎小弥太、そして、小城藩鍋島家の伊丹唐之丞の四人だ。

「そなたらか」

暗がりに立つ四人はなにも答えない。

「ちと待て」

小籐次は駿太郎を、木戸口で別れたばかりの桂三郎の家に預けに行った。お夕が、

「あら、駿太郎ちゃん、いらっしゃい」

と迎え、新兵衛も、

「駿太郎ちゃん、遊ぼ」

と嬉しそうに日焼けした顔を崩した。

「真にたびたびで恐縮じゃが、駿太郎を預かってはくれぬか」

台所からお麻が顔を見せて、

「湯屋でうちの亭主と一緒だったそうですね」

「いかにもさよう」

「木戸を四人のお侍が入っていかれたのを見ていました。また厄介事が持ち込まれたわよ、今晩、駿太郎ちゃんはうちね、と亭主に話していたところです」

と快く小籐次の願いを聞き入れてくれた。

「相すまぬ」

「駿太郎ちゃん、お父つぁん」

お麻の言葉に新兵衛が、

「ふぁい」

と返事をして、駿太郎が新兵衛の手を引き、夕餉の膳が並んだ居間に向った。

「お麻さん、今宵は成り行き次第では受け取りに来られぬやもしれぬ」

「そんなこと気にしないで下さい」

小籐次は駿太郎を預けてひと安心した。だが同時に、古田らも夕餉はまだであろうなとそのことに思い至った。

夕餉は別にしてこの季節だ、狭い長屋で男ばかり五人が鼻を突き合わせるのもしんどい。

どうしたものか、と思案しながらどぶ板を踏んで部屋に戻ると、小籐次は刀隠しから小判を一枚出して巾着《きんちゃく》に入れ、庭に戻った。

古田らは悄然《しょうぜん》とも憮然とも判断のつかぬ表情で立っていた。その様子から、小籐次の呼び出しを快く思っていないことは確かのようだ。

「狭い長屋で面を突き合わせては、五人してうだり上がろう。外に出よう」

「われらはここで構いませぬ」

伊丹唐之丞が小籐次の言葉に応じた。その返事には、さっさと用事を済ませて屋敷に戻りたい様子がありありと見て取れた。

「こちらは湯上がりじゃぞ。汗臭いおぬしらと対面して汗を搔くのは断わる。まあ、そう言わず付き合え」

小籐次は堀留に舫った小舟の綱を解き、ひらりと飛び乗った。

「この小舟に男五人も乗れますか」

黒崎小弥太が訊いた。

「なにも江戸の内海を押し渡ろうという話ではない。木挽町河岸にざっかけない煮売り酒屋がある。そこなれば三十間堀から川風も吹き込むで、長屋より涼しかろうと思うただけじゃ」

「ならば、古田どの、赤目様のお誘いを受けましょうか」

と村瀬朝吉郎がそろりと飛び降りてきて、残った三人が次々に庭から小舟に乗り移った。

「石垣を押してくれぬか」

小籐次は命じると、竿の先で石垣を突いた。

男五人が乗って喫水がぎりぎりまで上がった小舟を、古田らの助けを借りて堀留から御堀へ向け直した。

「赤目様、今や江戸を騒がす人気者にございますな」

黒崎がからかうような口調で言った。

小籐次はなにも返事をしなかった。

「赤目小籐次様はわれら四家を向こうに回してさんざん虚仮《こけ》に致し、一時《いっとき》は一首千両の値がついた。その赤目様を眼千両の立女形岩井半四郎が市村座の盆芝居新作興行に呼ぶというので、江戸じゅうがその話題で沸き上がっております。騒ぎで得をしたのは赤目小籐次様だけだ」

とうっかりしたことを黒崎が洩らし、

「騒ぎを大きゅうしたとな。いかにも、わしが騒ぎの切っ掛けはつけた。だが、手打ちの後に騒ぎを繰り返し、引き起こしているのはわしではない。四家のほうだ。そのことを忘れるでない、小弥太」

と小籐次がにべもない返事で黒崎を黙らせた。

だが、御鑓拝借騒ぎから数年の歳月が流れ、四家と小籐次の間に入って後始末に奔走した古田らは、もはやあの当時の青侍《あおざむらい》ではない。

あれこれと艱難辛苦《かんなんしんく》を経て、いささかのことには動じない大名家江戸藩邸の中核の家臣に成長していた。

「それがしが申しておるのは騒ぎの話ではございません。赤目様の名だけが江都に響き渡り、こたびはなんと北村おりょう様とか申される才色兼備の女性まで同伴なされて市村座に乗り込まれるそうな。読売でそのことを知りましたが、それがし、かように櫓を漕がれる赤目様と読売で喧伝されるお方とが同じ人物とは到底思えませんので」

「黒崎どの、それがしも同感にござる」

と伊丹唐之丞も言い添えた。

「伊丹どのもさように考えられるか。ふつうに考えれば赤目小籐次様はただの爺様。それがなぜかように世間でもてはやされるのであろうかな。それがし、どうしても分らぬ」

と黒崎が応じたとき、三十間堀の木挽橋が見えてきた。

この橋、土地の人々は五丁目橋とも呼んだ。

木挽橋の西側は三十間堀五丁目と呼ばれ、東側は木挽町五丁目にあたり、二つの五丁目を結ぶ橋だからか。

小籐次は木挽町五丁目の石垣下に小舟を着けた。

黒崎が最初に石垣に飛んで舫い綱を杭に巻き付けた。

小籐次が四人を案内したのは、三十間堀に突き出したように建てられた煮売り酒屋である。屋台で酒を飲ませたが、いくらか足し前をすると、堀に突き出した板の間で飲ませてくれた。

「おや、酔いどれの旦那」

と親父の花熊《はなくま》が小籐次を迎えた。

「親父どの、板の間は空いておるか」

「いや、馴染みが使ってますが、今すぐ表に追い出しますよ」

「それでは気の毒」

「なあに、もう一刻以前から飲みもしねえで、ながっ尻《ちり》してやがるんで」

花熊が奥に入ると、

「新規の客の到来だ。おめえら、飲みたきゃ表で飲みやがれ」

と追い出しにかかった。

「親父、おれっちを追い出すとは客はだれだ。この虎吉様が痛い目に遭わせてやる」

「虎、止めておけ。相手は酔いどれの旦那だよ」

「赤目小籐次様か。そいつは相手が悪いや」

と職人ら四、五人がぞろぞろと板の間から姿を見せた。

「兄い方、追い出して悪いな。口直しの酒代はわしが持つゆえ、外で飲み直してくれぬか」

「そいつはありがてえ。最前から、親父の面を見てるとツケを催促されそうで、注文ができねえでいたんだ」

　と快く小籐次の気持ちを受けてくれた。そのうえで、

「酔いどれ様よ、明後日は美人《たぼ》を連れて葺屋町の市村座乗り込みだってね。大看板と大名題の揃い踏み、さぞや市村座が沸きかえりましょうな」

　と仲間の一人が小籐次に世辞を言った。

「この汚れた年寄り面が芝居小屋に参ったとて、なんのことがあろうか。却って他のお客人に迷惑をかけるのではないか」

「とんでもねえよ。知らぬは酔いどれ様ばかりなりってな。鍋島様だ、稲葉様だ、森様だ、京極様だなんて威張ってみてもよ、赤目小籐次様お一人に名をなさしめるってやつだ。だらしねえよな」

　と生酔いの兄いが黒崎小弥太に、

「お侍さんよ、四家の大名行列を右往左往させたのは赤目様、たった一人だ。このお人が市村座に乗り込もうという話だ。江戸じゅうがまた沸きかえる。おまえ様だってそう思うだろうが」

　と相槌を乞うと、黒崎は、

「まあ、そのような考えもあろうな」

としどろもどろし、村瀬朝吉郎などは顔を紅潮させて、今にも刀を抜かんばかりの形相だ。

「ささっ、兄い方のご好意の板の間に入って下され」

小籐次は慌てて古田ら四人を板の間に押し入れた。

三十間堀の水面に張り出された板の間には三方に窓が開けられ、葦《よし》すだれが掛かっていた。

「のう、風が通って気持ちよかろう」

「木挽町にかような酒屋がございましたか」

黒崎小弥太がすだれを上げて堀の水面を見下ろした。

小籐次は花熊の親父に酒を頼み、

「肴《な》は見つくろってくれ」

と願って用意の一両を渡した。

「うちは見てのとおりの煮売り酒屋ですぜ。小判なんて使いきれませんや」

「最前の兄い方の飲み代もある」

と花熊に言うと、

「ここの名物は暑い季節に頑張る泥鰌《どじよう》鍋だ。精がつくぞ」

と最前から黙り込んでいる古田寿三郎に言った。

「赤目様、酒よりもそれがし、今宵の御用向きを伺いとうござる」

「そなた、えらい切り口上じゃな。分った、話そう」

小籐次は板の間の円座の上に胡坐《あぐら》を掻いた。

「昨夜のことじゃ、二艘の船に分乗した不逞の輩が新兵衛長屋を襲う構えを見せおった。幸い、わしが先に気付いたで、堀留から長屋の庭に上がらんとする者ども四、五人を物干し竿で堀に突き落としてやった。奇襲を見破られてはなす手もなく、引き上げおったわ」

「何者です」

伊丹唐之丞が警戒の様子で聞いた。

「今のところ、正体は不明じゃ」

「なぜわれらを呼び出されました、赤目様。四家に関わると思われたからこそ、かように四人を集められたのでございましょう」

村瀬が詰問した。

「いや、四家に関わりがあるかどうかは分らぬ」

「それは無責任極まる。これでもそれがし、御用繁多にございますぞ」

と黒崎が胸を張った。

「近頃は赤目様がなにかなさるたびに読売が書き立て、評判は弥が上にも上がる。こたびの市村座乗り込みがいい証だ。それだけに赤目様に恨みつらみを持つ者もおりましょう。夜中に赤目様が襲われるたびに、われら雁首揃えて呼び出されるのは甚《はなは》だ迷惑至極にござる」

酒が運ばれてきた。

「飲まぬか」

「飲みませぬ。われらは赤目様の話次第では、すぐにも席を立ちます」

「さようか。ならば、わしは手酌で飲む」

小籐次は茶碗に徳利の酒を注いだ。

ごくり
とだれが鳴らしたか喉が鳴った。

「そなたら、飲まぬのだな」

念を押した小籐次は茶碗酒を口に持っていこうとした。すると、沈黙を続けてきた古田が徳利を摑むと茶碗に酒を注いだ。

「なんだ、古田どのは飲まれるのか。ならば、それがしも」

黒崎小弥太が古田に続き、結局、伊丹も村瀬も酒を飲むことになった。

小籐次は四人が酒を茶碗に注いだのを見て、茶碗酒に口をつけた。

ごくりごくり
と湯上がりの喉に心地よく酒精が落ちていった。

「いかにも、昨夜の一団が四家と関わりがあるとは言い切れぬ。また、わしに恨みを抱く者がおらんとは言わぬ」

「で、ございましょう」

「小弥太、修羅場《しゅらば》を潜って生き抜いてきた者には、不思議な勘が働くものでな。なぜかそなたらの顔を見とうなった」

「われらの顔が見たいと呼ばれましても、やはり迷惑にござる」

と名指しされた黒崎が憮然として応じた。

「古田寿三郎、最前から一言も口を利かぬが、なんぞ魂胆があるのか」

御鑓拝借の大騒ぎの後始末を主導して務めてきたのは古田寿三郎であり、他の三家の面々も年長の古田を敬ってきた。

「赤目様は武人の勘と申されますが、なんぞ謂《いわ》れがなくば、われら四人を呼び集められるお方ではございませぬ。その謂れはなんでございますか」

「十数人の一団の大半は浪々の武芸者、剣術家と見た。金銭で雇われた連中よ。されど指揮をしていたのは主持《しゅうも》ち、奉公人であった。その一人の姓だけが分っておる。偽名でなければ、雇われた連中に一度だけ桐村と呼ばれた」

「桐村ですと。小城藩七万三千石にそのような人物がいたかどうか」

「声しか分らぬ。四十前後ではあるまいか」

「桐村姓の家臣がいるいないに拘《かかわ》らず申し上げます。ただ今、藩主直尭《なおたか》様が江戸在府にござれば、江戸で騒ぎを起こしてはならぬとの厳しい通達がしばしば出されており申す。その触れに逆らって赤目小籐次様と事を起こそうという輩がいるかどうか、それがしはいささか疑いを抱きます」

伊丹唐之丞が言い切った。

小籐次は小さく頷いた。

「わが丸亀藩には、桐村姓は国許に二家、江戸藩邸にはおりませぬ。一家は勘定方、もう一家は当主が代がわりしたばかりで、たしか十八で見習御側衆《おそばしゅう》にございます」

「なんとのう違うな」

と小籐次は応えて二杯目を注いだ。

「臼杵藩の江戸屋敷には桐村姓はおりませぬ。また鍋島様と同じく雍通《てるみち》様が在府、とても藩主の意に逆らって騒ぎを起こすような兵は残っておりませぬ」

と村瀬朝吉郎が言い切った。

小籐次の視線が古田寿三郎に向けられた。

「桐村某、四十前後、手がかりはその二つにございますな」

「いかにも。古田寿三郎、おぬし、心あたりがありそうじゃな」

小籐次だけではなく三人の視線も古田に向けられた。

「ござらぬと返答するにも、ございますと言い切るにも、いささか手がかりが乏しゅうございます。赤目様、一両日、時を貸して頂けませぬか」

と答える古田寿三郎の顔は険しかった。

「よかろう」

と小籐次は応じると、

「わしがそなたらに足労を願ったのは、どのような騒ぎのタネであれ、できるかぎり小さなうちに芽を摘み取るべきと考えたからだ。古田寿三郎の返答を待って、もしこの一件が赤穂藩に関わりがあるものなれば、古田とわし二人が相談して極秘裡に揉みつぶす。それでよいか」

と一同に念を押した。

古田寿三郎を含めた四人が首肯《しゅこう》して改めて同盟がなった。

「もはやこの話はなしだ。この家の泥鰌鍋を突《つつ》いて酒を酌み交わそうか」

と小籐次が言うと、徳利を差し出した。

花熊の煮売り酒屋に一刻ばかりいて小籐次らは店をあとにした。

四人は徒歩でそれぞれの江戸藩邸に戻り、小籐次は小舟で芝口新町の新兵衛長屋に帰った。

小籐次が舳先を巡らしたとき、三十間堀町の河岸道に古田寿三郎一人が佇み、会釈すると姿を消した。

四家の中では赤穂藩森家は二万石ととりわけ禄高が低かった。小名の江戸藩邸を中堅幹部として切り盛りする古田寿三郎に、

「また新たな負担が負わされたな」

と考えながら、小籐次は竿を使った。

四

三十日《みそか》、厳しい暑さにも拘らず、東海道の往来はいつにも増して多かった。お店の番頭、手代が掛取りに回るせいだ。

小籐次は久慈屋の店頭に研ぎ場を設けて往来の人を眺めながら、久慈屋の道具を研いだ。最初の半刻ほどは研ぎ仕事に集中できたが、そのうち、小籐次の前に人が立つようになり、人の壁ができた。

それでも小籐次の手は止まることなく、ひたすら研ぎ仕事に没頭していた。そのうち、

「おまえ様が江戸で名高い酔いどれ小籐次様だかね」

と訊く者も出てきた。

酔いどれの虚名につられて顔を見に来た野次馬かと小籐次は無視して、ますます研ぎに専念した。

「刃物研ぎがうまいと聞いていたが、なかなかのもんじゃな。力の入れ具合がよ、なんともいい塩梅だ、八兵衛さんよ」

「見ただけで分るわけではねえ。われの道中差を試しに研いでもらったらどうだ、新田の爺様」

「道中差な、研ぎ代はいくらかのう」

と話が勝手に進み、小籐次が顔を上げると、在所から江戸見物に出てきたか、公事《くじ》で旅籠町《はたごちょう》あたりの宿に泊まっていそうな三人連れが小籐次の顔を見つめていたが、

「きれいな女子を連れて芝居見物に行くそうじゃが、顔立ちは三年ものの自然薯《じねんじょ》のようじゃな。見場はよくねえ」

とのたまった。

「爺様、見場のよくねえ自然薯ほど味がいいだよ」

「違いねえ」

新田の爺様が腰の道中差を抜き、恐る恐る小籐次に差し出した。

「なに、研げと言われるか」

「研ぎ代はいくらかのう」

「在所はどちらじゃ」

「越後の小千谷《おぢや》だ」

三人連れの他にも四、五人が小籐次を見下ろしていた。

「夕暮れまでに研いでおく。預からせてもらえぬか」

「研ぎ代はいくらだね」

「江戸に参られた方の大事な旅道具、研ぎ代を求められようか」

「なに、ただというか」

「いかぬか」

「われ、道中差を預かって、あとで知らぬ存ぜぬとしらを切るつもりでねえか。公事がもう一つ増えることになるのは迷惑だ」

「赤目小籐次が信用できぬか。ならば、この久慈屋の奉公人が証人じゃ。研ぎ上がったら、この御三家御用達の紙問屋久慈屋に預けておく。それでどうだ」

久慈屋の店頭ではこの会話を観右衛門以下注視していた。

「ならば、この大店を信じて預けるべえ」

新田の爺様が塗りの剝《は》げた道中差を差し出した。

「見物の衆、わしは見世物ではないでな、すまぬが立ち去ってくれぬか。久慈屋の商いに差し支えるでな」

小籐次が見物の衆を追い払った。人がいなくなったところで道中差を抜いてみた。

「これはひどい」

　錆が何カ所もこびりついて用に立つ代物ではなかった。

「見事な錆くれ丸にございますな」

　観右衛門の声がして、いつの間にか土間に立っていた。

「店頭を騒がせて申しわけございませぬ。橋下に研ぎ場を変えようと思う」

　小籐次は芝口橋の小舟に場所を移すことを申し出た。

「赤目様はこのところ立て続けに読売の主役ですからな。在所から江戸に出てきた人にも名が知られ、久慈屋で時に研ぎ場を設けていることが知れ渡ってしまったのですな」

「なんとも世間が狭うなった」

「もはや悪いことはできませんぞ」

「悪いことをする気はないが、ちと煩いことになってしもうた」

「その錆くれ丸に研ぎをかけるのに、どれほどの時を要しますな」

「ざっとした研ぎでよかろうと思う。錆落としに半刻、研ぎに半刻、そんなものじゃろうな」

「ただの研ぎ仕事に一刻ですか、赤目様らしい。どうです、あとで掛取りに出ます。お付き合い願えませぬか」

観右衛門自ら掛取りに出向くのは、金額が大きいか、長年滞っているものかどちらかであろう。そして、小籐次に気分転換をさせようという観右衛門の気遣いだった。

「承知致した」

久慈屋の道具に急ぎ仕事のものはなかった。ならば、後回しにして長屋に持ち帰り、研いでもよい。その心積もりをした小籐次は桶の水を表に撒いた。

ふわっ
と土埃が上がるほど通りは乾ききっていた。

桶の中に砥石を入れて河岸道を渡り、久慈屋の船着場に下りた。すると、ばたばたと草履の足音がして、小僧の国三が、小籐次が尻の下に敷いていた藁《わら》の円座と筵を抱えて追ってきた。

「赤目様、いよいよ明日ですね」

「なにが明日じゃな」

「なにがって、芝居見物ですよ」

「おお、そうであったな。ああ見物人があったのでは、それどころではないわ」

いいな、と国三が呟いた。

その呟きで、荷運び頭喜多造との会話を思い出した。

国三は市村座の芝居見物に連れていってもらいたくて、あれこれ画策していた。

その魂胆を見透かされて、

「小僧にとって甘やかしはよくありません。ここいらで、わっしがつんと小言を食らわしておきます」

と小籐次に喜多造が約束していた。

国三をつい甘えさせた責任の一端は小籐次にもあった。それだけに気がかりなことであったのだ。

「喜多造さんからお叱りを受けなかったか」

えっへっへ

と国三が笑った。

「叱られました」

「まだ諦めがつかぬか」

「だって岩井半四郎太夫と酔いどれ様の顔合わせなんて滅多にあるもんじゃあり

ませんよ。その場にいられるかどうか、後世の語り草。なんとしても市村座に行きたいんですよ」

「わしに願うたところで、なんの役にも立たぬぞ」

「酔いどれ様が最後の頼みの綱なんだけどな」

と国三が上目遣いに見詰め、小籐次はこれは注意すべき時を失したかと悔んだ。

「国三さん、どうやらそなた、心得違いをしておるようじゃ。久慈屋で働く奉公人はまず仕事が大事。芝居見物など二の次どころか四十過ぎて考えればよいことじゃ。まず今は、しっかりとご奉公することじゃ。今の国三さんは気が散っておる。そのようなときは、大きなしくじりをするものじゃぞ」

小籐次の叱声に国三が、

ぱあっ

と立ち上がり、

「もういいです」

と言い残すと、橋下から河岸道に上がっていった。

(どうしたものか)

小籐次は錆くれ丸の道中差を手に思案した。

早飯を食した観右衛門と小籐次は、

「いってらっしゃいまし」

という奉公人の声に送られて久慈屋を出た。供に小僧の国三が従っていた。

小籐次が事情を説明して同行を願ったのだ。奉公人の前ではなく大番頭の観右衛門に注意をしてもらいたいと考えてのことだ。経緯を聞いた観右衛門は即座に、

「私も、近頃の国三の奉公ぶりが雑になっていることを気にしておりました。喜多造と赤目様が注意して効かぬとなれば、いささか重症にございますな。掛取りの頃合いを見計らってとくと叱りましょう。かようなことは早いうちに言い聞かせておかぬと、後々ためになりませぬ」

と請け合った。

観右衛門の掛取り先は、下谷車坂の寛永寺寺中数院を巡り、そのうち宝勝院から七十七両の支払いを受けていた。他の二院からは盆の済んだ時期に支払うという約束を取り付け、大番頭が出馬した甲斐があったというものであった。

道中、国三は軽口一つ叩かなかった。なんとなくおかしいと感じていたのであろうか。ただ背に負った七十七両を包んだ風呂敷の端をしっかりと両手で握り締

めていた。

「赤目様、もう一つは加賀様のご用人を時候の挨拶をかねてお訪ねします。喉もからからに渇きましたで、不忍池《しのばずのいけ》の端の茶店で休んで参りましょうかな」

と知り合いの茶店に小籐次と国三を連れていった。

「おや、久慈屋の大番頭さん、いらっしゃいまし」

と女衆が笑みで迎えた。

「おはつさん、この暑さ、体の具合など悪くしていませんかな」

「いえ、元気だけが取り柄にございますよ」

それはなによりと応じた観右衛門が、

「おはつさん、座敷を貸して下さらぬか。二人です」

とおはつに言うと、小籐次に目で合図した。

「大番頭さん、私はこちらでお待ちします」

と答えた国三に観右衛門の険しい眼差しが注がれ、

「いえ、私と一緒に座敷に上がるのはおまえさんです」

と言い放つと、国三の体がぶるぶると震えた。

小籐次は不忍池に蓮の葉が重なり合う風景を見ながら、茶を喫して待った。

観右衛門と国三だけの時間は一刻余におよび、

「お待たせ致しましたな」

と観右衛門が真っ青な顔の国三を伴い、茶屋の玄関に姿を見せた。

小籐次は国三の頰に涙が流れており、それを拳《こぶし》で拭っているのを見た。

観右衛門が心付けを渡し、茶店を出た。

不忍池の南端を通り、湯島の切通しを歩きながら、三人は一言も口を利かなかった。ただ、暑い日盛りに、観右衛門と小籐次に付き従う国三のしゃくりあげる声が聞こえていた。

加賀金沢藩百二万石の江戸藩邸は、総面積十万坪を超えて豪壮だった。本郷五丁目の大御門の門番に観右衛門が訪《おとな》いを告げると、

「久慈屋の番頭どの、自ら御用にお出向きか」

と顔を見知った門番が早速、玄関番の若侍に用人千郷重左衛門への面会を通した。

三人はしばらく玄関前で待たされた。さすがに国三は泣きじゃくるのを止めていた。小籐次が手拭いをそっと渡し、

「顔を拭いなされ」

と命じた。国三は無言で受け取り、ごしごしと手拭いで顔を擦《こす》った。

「番頭、このご仁は連れか」

と玄関番の侍が小籐次の様子を訝しんだ。

「このご時世、ぶっそうゆえ同道を願いました」

「失礼ながら年も食っておるようじゃが、大丈夫か」

と言いかけた門番が、

「待てよ、番頭どの。このご仁、赤目小籐次どのではござらぬか」

「いかにもさようでございます」

と観右衛門が胸を張ったとき、千郷用人が姿を見せた。

「おおっ、観右衛門、予ての約束どおり酔いどれ小籐次どのを同行して参ったか。上がれ、上がれ」

観右衛門と小籐次は国三を玄関脇の供待ち部屋に残し、用人部屋へ招じ上げられた。

赤目小籐次に興味を抱く加賀金沢藩の家臣たちは、久慈屋の商いをそっちのけにしてあれこれと質問攻めにした。

「そなたには殿もいたく関心を抱いておられると聞いた。本日の一件、奥に通じるによって、他日改めてわが屋敷に招きがござろう。その節はよしなに願う」

と次なる約定まで千郷用人にさせられた観右衛門と小籐次はようやく解放された。

二人が玄関先に戻ったとき、すでに暮れ六つ（午後六時）を大きく過ぎていた。

「これ、国三」

と供待ち部屋で待ちくたびれた国三に声をかけた。すると、玄関番の若侍が、

「久慈屋、小僧は半刻以上も前、先にお店に戻るとわれらに言い残して帰ったぞ」

と告げた。

観右衛門と小籐次は思わず顔を見合わせた。

「観右衛門どの、まずは芝口橋に戻りましょうか」

と小籐次が観右衛門を促し、大御門の通用口を出た。すると、運のよいことに屋敷の前で辻駕籠《つじかご》が待ち受けていた。

「赤目様、駕籠を使いましょう。そのほうが早い」

観右衛門が客待ちの駕籠かきに、

「早駕籠を芝口橋まで二挺願いますかな。酒手《さかて》は弾みます」

と交渉して、たちまち二挺の駕籠の用意ができた。

小籐次は滅多に駕籠などに乗ることはない。だが、国三の行動を考えれば、少しでも早く店に戻り、国三が戻ったかどうか確かめることが先決であった。

「先棒《さきぼう》、一気に芝口橋まで飛ばすぜ」

と先頭の観右衛門の駕籠の後棒《あとぼう》が景気を付けて、本郷五丁目から一丁目、さらには昌平坂学問所裏手へと走り出していった。

二挺の駕籠が芝口橋の久慈屋の前に到着したとき、すでに店の大戸は下ろされて、通用口だけが開いていた。

観右衛門が二挺の駕籠屋に酒代をつけて銭を支払い、通用口の敷居を慌ただしく跨いだ。

「大番頭さん、お帰りなさいませ」

「赤目様、ご苦労様に存じます」

と迎えた奉公人の中に、二人は国三の姿を探した。だが、訝しそうに見詰める中に国三は見当たらなかった。

「大番頭さん、どうなされました」

と浩介が帳場格子の中から問うた。

浩介は一人娘のおやえと所帯を持ち、ゆくゆくは久慈屋の後継ぎになる身だ。ただ今、大番頭の観右衛門が傍らに置いて、久慈屋の主としての教えをあれこれと授けているところだ。

観右衛門が店を不在にした間は当然、浩介が数人の番頭の上に立ち、大勢の奉公人を使う立場にあった。

「国三は戻っておりませぬか」

「いえ、どこぞではぐれましたか」

と番頭の大蔵が問うた。

「そうではない」

と答えながらも観右衛門が思案した。

浩介の目が小籐次を見て、事情を話すように促した。

「加賀様の供待ち部屋で待っていた筈の国三さんは、大番頭どのに断わりもなく、先に店に戻ると玄関番の侍に言い残して屋敷を出ていったそうな。その刻限からおよそ一刻半は経っていよう」

「加賀様とうちの間なれば半刻もあれば戻ってこれます」

と大蔵が言い、

「われらも駕籠の中からそれらしき影はおらぬかと見てきた。じゃが、道中に国三さんはおらなんだ」

「なぜ国三は無断でそのようなことを」

と浩介が呟くと、

「浩介さん、奥へお出《い》でなされ。旦那様に今までのところをご報告致しますでな」

と観右衛門が浩介を伴い、奥に向おうとした。だが、小籐次を振り向き、

「赤目様、ご苦労様にございましたな」

と労《ねぎら》った。

「大番頭どの、今一度、加賀屋敷までの道筋を戻ってようござるか」

小籐次は、国三の行方を探すことを願い出た。

「お店の者の手を借りて心当たりのところ、国三が訪ねそうな場所を探す指図をして下され」

と事情を知った小籐次に観右衛門が願い、奥へと姿を消した。

小籐次の周りに奉公人が大勢集まってきた。まず加賀屋敷への道々を探す組が大蔵に指名され、飛び出していった。その他、国三と縁がありそうな所に問い合

わせに行く手代たちが店を走り出て、店の中に大蔵ら数人の番頭、それに荷運び頭の喜多造ら、久慈屋の重役《おもやく》だけが残された。

「赤目様、国三のやつ、大番頭さんのお叱りを受けたのですね」

と喜多造が小籐次に尋ねた。

「いかにもさよう」

と前置きした小籐次は、これまでの経緯を重役連に告げた。

観右衛門は言葉にこそしなかったが、そのことを小籐次に目で頼んでいたと思ったからだ。

「さような経緯がございましたので。たしかに近頃の国三は浮ついておりました。それに気付かないふりをしていたのは、私どもの責任でもございます」

と答えた大蔵が、
あっ！

となにかに気付いたように驚きの声を上げた。

「国三は、まさか掛取りの金子を持っていたのではございますまいな」

「それが番頭さん、下谷車坂の寺で受け取った七十七両を背に負うておりますのじゃ」

「なんということ」

その場にいる久慈屋の重役連の顔が青くなり、それぞれ勝手な推測を頭に思い巡らした。

加賀様の屋敷まで探しに出た組が戻ってきた。だが、国三の姿はどこにも見かけなかったという。

四つ（午後十時）の刻限、小籐次は奥に呼ばれた。

昌右衛門、観右衛門、それに浩介の三人が待ち受けていた。

「赤目様、ちとご相談が」

と昌右衛門が険しい表情で切り出した。

「国三の身になにが起こっているのか知りませぬ。これ以上の大事が起こらぬために難波橋の親分の助けを借りようと思うのですが、このこと、どう思われますか」

小籐次はしばし沈思した。そして、口を開いた。

「今やそのときにございましょう。また、こちらと秀次親分との関わりを考えるならば、親分が内々に事を始末してくれることはたしかにございましょう」

昌右衛門と観右衛門が頷いた。

「じゃが、秀次親分の手を借りれば、国三さんの身を探しあてても、やはり後々の奉公に傷が付くのも確か」

「どうすればよろしゅうございますな」

と観右衛門が小籐次に答えを迫った。

しばし瞑想《めいそう》した小籐次は、

「もう一刻、それがしに時を貸して頂けませぬか」

「なんぞ思案がございますので」

「思案とも思えぬ思い付きです。それでもそれがし確かめとうござる」

小籐次の返答に昌右衛門が、そして観右衛門と浩介が頷いた。

半刻後、小籐次は猪牙舟に乗って日本橋川から堀江町の堀留へと移り、思案橋、親仁《おやじ》橋と潜ったところで、新材木町の河岸に舟を着けた。船頭はすべてを心得た喜多造だった。

「おりますかね」

と喜多造が小籐次に問いかけ、

「なんともな」

と小籐次は応えていた。

二人が猪牙舟を舫って訪ねた先は、この堀留の傍の葺屋町の市村座だ。

刻限はすでに四つ半（午後十一時）を過ぎて、明日初日を開ける市村座はひっそりとして人影もなかった。

「いませんや」

と呟く喜多造の手を小籐次が押さえた。そして、市村座とは通りを挟んで立つ茶屋の軒下に佇む人影を顎で差した。

「馬鹿野郎が、心配かけやがって」

ほっとした安堵の口調で吐き捨てた喜多造と小籐次は、市村座の絵看板を呆然と見上げる国三に歩み寄っていった。

第五章　幕間狂言

一

この日、小籐次は朝湯に行った。むろん行きつけの加賀湯だ。

「酔いどれ様、本日は一番風呂かい」

と暖簾を掲げた男衆が言った。

「いささか御用があってな」

はて、と小首を傾げた男衆が、

「おお、そうだ。今日だったね、市村座が岩井半四郎丈《じょう》の新作をかけるのは。そこへ酔いどれ様をお招きだというじゃねえか。そりゃ、朝湯に入ってよ、床屋に行き、さっぱりしねえと市村座に乗り込めないぜ」

と合点がいったように叫んだ。

「まあ、そういうことじゃ」

無精髭《ぶしょうひげ》の伸びた顎を撫《な》でた小籐次が番台に湯銭を置くと、

「赤目様、先日は真に有難うございました」

と倅の嫁が礼を述べた。

数日前、金に窮した浪人が二階の休み所の売上げ金を強奪して逃げようとした。偶々居合わせた小籐次が手捕りにしたことに礼を言ったのだ。

「なんのことがあろうか」

小籐次はだれもいない脱衣場に上がった。持参した真新しい下帯を籠に入れ、着古した単衣を脱いだ。

おりょうは、芝居見物の晴れ着は霊南坂の水野家本邸に用意しておくと言った。だが、下帯くらいは真新しいものを締め直しておこうと用意したのだ。それに長屋に戻れば、京屋喜平の円太郎親方が作ってくれた足袋があった。

おりょうがどのような衣服を小籐次のために用意してくれたか知らぬが、

(あまり派手派手しいのはいささか困るな)

と考えた。

だが、小籐次をとくと承知のおりょうが、そのような衣装を用意するわけもない。ともかく、こうなれば俎板の鯉、下帯と足袋以外はお任せじゃと改めて覚悟した。

洗い場に行くと、上がり湯を体にかけ、筋肉を覚醒させた。柘榴口を潜ると、釜場の戸口が開き、加賀湯の主が顔を覗かせて、

「赤目様、おはようございます」

と挨拶した。

「おはようござる」

「今日は赤目様にとって一世一代の晴れ舞台だ。顔から体まで精々磨き立てて市村座に乗り込んで下せえよ」

「見てのとおり、老いたもくず蟹じゃ。磨き甲斐はなかろう」

「いえ、うちの三助の松吉の手にかかってご覧なさい。ぴかぴかに磨き立てたうえに首筋から肩のこりを解《ほぐ》して差し上げますよ」

「主どの、それがし、未だ三助どのの手を煩わしたことがない。そのような贅沢、この世ではござるまい」

「いえね、先日のお礼だ。赤目様が湯に温まった時分に、松吉をこちらに寄越し

ますよ。遠慮なく使って下せえ」

「なにやら大変なことになったな」

湯船に浸かると五体の強張りが消えていくのが分った。

小籐次は湯船の縁に項をのせて両目を瞑った。すると、深夜の葺屋町の市村座の前で絵看板を見上げる国三の姿が浮かんだ。

体は急に大きくなった。だが、なんといってもまだ十五、六だ。未だ大人の考えになりきれていなかった。

芝居が観たいとなると、一途にそのことばかりを考えて、つい奉公の本分を忘れてしまったのだろう。


「国三、なにをしてやがるんだ」

と傍らまで歩み寄った久慈屋の荷運び頭の喜多造が怒鳴り付けると、ゆっくりと顔を回した国三が、

「頭だ」

と不思議そうな顔を見せた。そして、はっ、と夢から醒めたような様子で身を竦《すく》めた。さらに、きょろきょろと辺りを見回し、

「二丁町の市村座だ。どうしてこんなところに」

と自らの行動を訝るように呟き、小籐次の顔を見た。

「そなた、加賀様のお屋敷に大番頭どのの供で参ったことを覚えておるか」

国三はしばし考えていたが、
わあっ！

と叫び、ようやく現実に立ち返った。

「国三、おめえは奉公人としての道を踏み外しかけてるんだよ」

と吐き捨てた喜多造は、国三が負っていた風呂敷包みの結び目を解き、引ったくった。喜多造のその行動は、国三が引き起こした事の重大さを告げていた。

国三の顔が不安に歪んだ。

「頭、私はお店の金子には手を付けていませんよ」

「おめえが掛取りの金子に手を付ける馬鹿をしちゃいないくらい、この喜多造も承知だ。だがな、手を付けようと付けまいと、おめえは奉公人の本分を忘れたんだ。店に簡単に戻れると思うなよ。旦那様、大番頭さんから厳しい沙汰が待っていると覚悟しろ」

喜多造の厳しい言葉に国三はがたがたと震え始めた。

その国三を舟に乗せて芝口橋の久慈屋の船着場に戻ったのは、夜半九つ（午前零時）を回っていた。

「あとはお任せしよう」

「赤目様、なんともすまなかった」

小籐次と喜多造が交わす言葉を国三は茫然自失して聞いていた。

猪牙舟から小舟に乗り替えた小籐次は国三に、

「国三さん、よいか。旦那様と大番頭どのに誠心誠意お詫びして、どのようなご処置もお受け致しますと、額を床に擦り付けよ。もはや、そなたは言い訳などする立場ではないでな」

と言い聞かせた。

国三はがくがくと頷いたが、心はどこかに飛んでいた。

「赤目様、どんな沙汰が出ようと赤目様に一番にお知らせに参ります」

と言う喜多造に頷き返して長屋に戻ったのだった。

小籐次は釜場の戸口が開いた音に両目を開いた。

「赤目様、肩を揉ませて下さいまし」

と猿股の上にきりりと晒し布を巻いた三助の松吉が姿を見せた。

「これは恐縮にござる」

小籐次と松吉は柘榴口を潜って洗い場に戻った。

小さな腰掛けに腰を下ろすと、松吉の両手が小籐次の首筋から肩、背を撫で回し、

「さすがは天下の赤目様だ。この年でたるんだ肉などどこにもねえや。それだけに凝りや疲れが残っておりますよ」

と長年の揉み療治の勘で診断をすると、首筋からゆっくりと揉みほぐし始めた。

「おお、これは堪らぬ。極楽にでも行った気持ちじゃぞ」

「赤目様、極楽浄土はこれからでございますよ」

小籐次は生まれて初めて三助の技を存分に堪能した。

瞬く間に四半刻が過ぎて、もう一度、湯で温まりなせえ、と言う松吉の言葉を夢見心地で聞いた。そして湯船に戻ると、町内の隠居たちが三、四人、朝湯を楽しんでいた。

「喜多造さんもおられたか。ついうっかりしておった」

湯船の端に、隠居連とは離れて久慈屋の荷運び頭喜多造の疲れた顔があった。

「なんとも気持ちよさそうなお顔でございましたよ」

小籐次は喜多造の傍らに丹念に揉みほぐされた体を浸けた。

「昨夜はご苦労にございました。旦那様からの言伝にございます。小僧の国三が大事に至る前に見つけられたのは偏に赤目様のお力、真に有難うございました、とのことにございます」

小籐次は、なにほどのことがあろうかと呟くしか術《すべ》を知らなかった。

「国三の処分ですが、水戸領内西野内村の久慈屋の本家に預けられ、紙漉《かみす》きの下働きから奉公のやり直しを命じられました」

「いつの日か、国三さんが江戸の久慈屋に復帰できる道も残されているのじゃな」

「赤目様、それもこれも国三の心がけ一つですよ」

「いかにもさよう。国三さんはまだ若い。ここで紙一枚がどのような厳しさの中で作られるか、身に染みて感じさせたほうが後々のためによかろう」

「いかにもさようです」

「国三さんはいつ西野内村に出立なさるな」

「浩介さんに伴われた国三は、半刻も前に千住宿を出て水戸街道を北に向ってお

ります よ」

「それは手早いご処置かな」

「浩介さんが自ら付き添いを望まれて同行することになりました」

「浩介どのは水戸街道に慣れておいでだ。いや、なにより奉公人の辛《つら》さ、厳しさをだれよりも承知のお方だ。国三さんも久慈屋の後継ぎに伴われての旅を身に染みて感じよう」

「へえ、それが分らない国三じゃございますまい」

小籐次は、小僧の国三がいない久慈屋は思いもつかなかった。だが、その国三をつい甘やかした責任の一端は小籐次にもあった。

「この次会う折にどれほど成長しているか、楽しみにしていようか」

今度は喜多造が頷き、湯を片手で掬って顔をごしごしと洗った。それを見た小籐次は、

(そうか、喜多造さんは千住宿まで舟で二人を送っていったのか)

と気付いた。

加賀湯をあとにして床屋に回り、さっぱりとした顔で長屋に戻った。すると、

待ち人がいた。

赤穂藩森家の江戸屋敷家臣古田寿三郎だ。

「そなたか」

古田はつるつるとした顔付きの小籐次を珍しげに見た。

「おかしいか」

「いえ、そういうわけではございません」

「芝居見物に誘われておるでな、相手に迷惑がかかってもいかぬ」

古田がはたと気付いたように、

「市村座の招きは今日にございましたか。迂闊《うかつ》でした」

「いかにもさよう」

勝五郎の女房のおきみが気を利かせて茶を二つ淹れてきてくれた。

「これは恐縮」

と小籐次が頭を下げると、おきみが、

「お侍さんさ、今日は酔いどれの旦那にとって一世一代の晴れ舞台。それを前に、あんまり面倒な話を持ち込まないでおくれ」

と釘を刺して姿を消した。

「分ったか、桐村某の正体」

「分りました」

「赤穂藩家臣か」

古田寿三郎が重々しく頷いた。

「陪臣にございます」

「話してくれ」

小籐次の言葉に首肯した古田が、

「半年ほど前、国許から江戸藩邸に上がってきた倉前波卿《くらまえはきよう》という人物がおります。この仁、探題目付《たんだいめつけ》なる新しい職掌の長にございまして、国許、江戸藩邸双方の不正を暴くのが目的で設けられたものとか。わが藩にはすでに目付職が設けられておりますし、なんの不自由もしておりませぬ。国家老田嶋仲之丞様のお声がかりで登用された人物にございます」

「探題目付を設けねばならぬほど森家には不正が蔓延《はびこ》っておるのか」

いえ、と古田寿三郎が首を横に振った。

「不正を行おうにも藩財政が厳しゅうござるゆえ、腹黒い鼠《ねずみ》もわが藩の内情では生きてはいけますまい」

古田はおきみの淹れてくれた渋茶を啜った。

「失礼ながら、お隣りどのが淹れた茶のほうが、わが御用部屋で供される茶より上等にござる」

「古田寿三郎、そなたも、貧したところに不正が花を咲かせる事実をいくつも見てきたであろう」

小籐次の言葉に溜息《ためいき》を洩らした古田が、

「倉前波卿どのはこの半年、鵜《う》の目鷹《たか》の目で江戸藩邸の内外を探り歩いておいでの様子でしたが、旨みのある出来事にぶつからなかった様子にございます。とある集まりで江戸藩邸の重臣の一人に、探題目付どの、なんぞ江戸藩邸に不正がござったかと皮肉を言われたとかで、探題目付の面目にかけてなんとしても手柄を立てる、と反論なされたそうな」

「それが、わしへの手出しか」

はい、と古田寿三郎が苦虫を嚙《か》み潰した顔を見せた。

「倉前波卿どのは国許から、神道無宗《しんとうむそう》流の達人桐村十三郎と申す家来を伴われて江戸藩邸入りしております。こやつがまた倉前どのに輪をかけて煮ても焼いても食えぬ人物で、赤穂藩の沈滞はすべて御鑓拝借の敗北にあると広言し、いえ、その者が申しておるのでございます。ただ今の江戸藩邸の家臣の大半は、御鑓拝借騒動はすでに済んだ話、寝た子を起こしたくないというのが正直な考えにございます」

「いかにも同感じゃ」

　と応じた小籐次が、

「そやつが寝た子に手をかけおったか」

「江戸に参り、赤目小籐次様の武名が高いことを知った倉前、桐村の二人は、なんとしても赤目小籐次に一泡吹かせて赤穂の名を高め、藩内で探題目付の権威を不動のものにする決意にございますそうな」

「浅慮軽率にもほどがある。こちらは迷惑至極」

「江戸藩邸にとっても迷惑千万にございます」

「そやつら、なにを考えておるのだ」

　小籐次の問いに古田寿三郎はしばし沈思していたが、もしや、と口を開いた。

「なんじゃ」

「いえ、今の今まで気が付きませんでしたが、もしやと思うたことがございます。それがしもうっかりしておりました」

「申してみよ」

「本日の市村座の芝居見物に赤目様が行かれるのは、江戸じゅうが承知の話にございますな」

「読売が書き立てたでな。まさか、その芝居見物を邪魔するようなことは致すまいな」

「倉前波卿様も桐村十三郎も考えが狭量にして狷介《けんかい》。所詮《しょせん》、ただ今の赤穂の国情で江戸を推しはかろうとする人物にございます。赤目様になんとしても恥を搔かせて赤穂藩の汚名を雪ごうという考えに凝り固まっております」

「古田寿三郎、そなた、即刻、屋敷に立ち帰り、倉前らが何を考えて行動を起こしておるか、探ってくれ。もはや時はないぞ」

「とは申されても、本日が芝居見物にございましょう。あまりにも時がございませぬ」

「古田、赤穂藩森家の家名を汚してもよいのか。わしのためではない、こやつらを江戸で騒がすことは森家の恥ぞ」

「それは承知にございますが、どこから手を着けるべきか」

「頭を使え、古田寿三郎」

「はっ、はい」

「赤穂藩の藩財政は苦しいと言うたな。探題目付の金主はだれじゃ。江戸の商人が背後に付いておるということはあるまいか。赤穂城下で勢力を広げようとする商人がこやつらの周りにおらぬか」

「うっかりしておりました。一人、赤穂の出にて江戸に店開きした人物を忘れておりました」

古田寿三郎は残った茶をゆっくりと喫し、考えを纏める風情をみせた。

「赤目様、本日、市村座にはいつ行かれますな」

「霊南坂の水野監物様のお屋敷に奥方様と北村おりょう様をお迎えに参り、同道して葺屋町の市村座に参る。盆芝居の開演は暑さが和らぐ七つ半(午後五時)じゃそうな」

と答えながら小籐次は気が付いた。

「本日は新作興行の初日、なかなかの評判じゃそうな。かような芝居の初日の席を赤穂からぽっと出の人物が手配するのは難しかろう。なんぞ裏がある筈じゃ。わしを招いてくれたのは市村座の座元市村羽左衛門様というお方だ。もし、屋敷内の探索で分らねば、市村座の頭取に会い、わしの名を出して、赤穂藩江戸屋敷か、その関わりの者が枡席を買っておらぬか、問うてみよ」

「分りましてございます」

と古田寿三郎が決意も新たに立ち上がった。

「これ以上、藩主森忠敬《ただよし》様のお名を汚すようなことがあれば、赤穂藩お取り潰しのことも考えられるわ。古田寿三郎、江戸藩邸一丸となり、倉前波卿、桐村十三郎らの行動を止めよ」

古田寿三郎が長屋から消えた。

小籐次は松吉が揉みほぐしてくれた体に、またどっと疲れが宿ったのを感じた。

だが、赤穂城下から出てきたばかりの二人が市村座に乗り込んで芝居の邪魔をし、赤目小籐次の面目を潰すなど、半信半疑のことだった。

「ともかくじゃ、岩井半四郎様の芝居の邪魔をする者は、それがだれであれ許せぬ」

小籐次は独り言を洩らし、刀隠しから孫六兼元刃渡り二尺二寸一分を出した。

おりょうがどのような衣装を用意しているか。先祖が戦場から拾ってきた次直より孫六兼元が本日の芝居見物に似合うと考え、心を静めるために兼元の手入れを始めた。

二

大御番頭水野監物の屋敷は、溜池の南方の高台にある霊南坂にあった。この界隈は坂が多いところで、武家地、寺領しかない。

小籐次はその日の昼下がり、葵坂《あおいざか》通りの馬場の脇から霊南坂に向った。すると、筑前《ちくぜん》福岡藩黒田家の中屋敷から下ってくる榎坂と東から上ってくる汐見坂がぶつかる三叉《みつまた》に達した。

水野家は、武蔵川越藩松平家の上屋敷と常陸牛久《ひたちうしく》藩の上屋敷の塀に挟まれた霊南坂を南西に進み、牛久藩上屋敷と直参旗本小出家の間にあった。

小籐次が訪いを告げると、直ぐに座敷に通され、おりょうが若い女中に衣装を捧げ持たせて姿を見せた。

「おりょう様、本日はお日柄も宜しく格別の芝居日和かと存ずる」

小籐次の鯱《しやちほこ》ばった挨拶におりょうが、

くっくっく

と鳩の鳴き声のような笑い声を洩らした。

「おかしゅうござるか」

「赤目様が、芝居日和などとおっしゃいますか」

「いかさま、それがし芝居日和がどのようなものかは存じませぬ。雲一片も空に見られぬこの暑さ、芝居日和といえるかどうか」

「赤目様と一緒の市村座の芝居見物、それが大嵐だとしても芝居日和にございます」

と言うおりょうは、すでに身仕度が整っていた。

水野登季に遠慮してか、白麻地流水模様杜若《かきつばた》の小袖を、見た目にも清々しくきりりと着込んでいた。

若い女中が座敷から姿を消すと、

「おりょう様、京屋喜平の職人頭円太郎親方がそれがしに足袋を拵《こしら》えてくれましたので、持参致しました」

と懐に入れてきた薄浅葱《うすあさぎ》地に小紋が散った足袋を出してみせた。

「さすがは京屋喜平の親方ですね。見事な拵えにございます」

「履いてよかろうか」

「赤目様、まずはお召しの物をお脱ぎ下さいませ」

「失礼致す」

小籐次は座敷の隅の乱れ箱に、着てきた単衣を脱ぎ捨て下帯一つで足袋を履いた。すると、おりょうがその背から襦袢《じゅばん》と小袖を着せかけ、

「お立ち下さい」

と言った。

おりょうが芝居見物の赤目小籐次に用意していたのは継裃《つぎかみしも》だった。それは水野登季の体面を考えて選んだものであろう。

「おりょう様、元豊後森藩の厩番《うまやばん》、かような継裃など着用したことがござらぬ。いや、借り着の継裃を竹藪蕎麦の若夫婦の祝言で着たか」

「私が見立てた継裃です。きっとお似合いにございます」

小籐次はおりょうの手を借りて肩衣《かたぎぬ》、袴と継裃を着用した。そのうえで脇差を帯に差し、孫六兼元を手にすると、おりょうがぐるりと小籐次の体を一回りして確かめ、

「赤目小籐次様、お仕度が整いましてございます」

と満足げに笑った。

小籐次が普段着の懐に用意した竹とんぼを髷《まげ》の後ろに差すと、おりょうが白扇

を袴の前帯に差し込んでくれた。襟元にも懐紙を入れた。

「五十路を過ぎた爺でも、馬子にも衣装かのう。なにやら年甲斐もなく若やいだ気持ちが致す」

「十は、いえ、十五は若くお見えになりますよ」

「おりょう様は褒め上手ゆえ、そのような気持ちになる」

照れ笑いした小籐次の乱れた髪を、おりょうが阿六櫛《おろくぐし》で整えてくれ、

「奥方様をお待たせしてもなりませぬ。参りましょうか」

と言った。

すでに水野家の玄関先には二挺の乗物が待機し、陸尺《ろくしゃく》たちも水野家の家紋を背に染めた海老茶《えびちゃ》色の法被、俗に言う陸尺看板に身を包んで、どこか晴れやかな表情を見せていた。

おりょうは内玄関に用意してあった草履を小籐次に履かせた。

「おりょう様、造作をお掛け申した」

小籐次はおりょうに礼を述べると、手にしていた孫六兼元を脇差の傍らに落ち着かせた。すると上気した気分が、
すうっ

と静まった。

　おりょうが奥へお登季を迎えに出向いた。水野家の用人が玄関前に現れた小籐次を見て、

「おおっ、これは見違えました。赤目小籐次様、さすがは天下の酔いどれ様にございます。なんとも継裃姿がぴたりとお似合いにございます」

「借り着には見えませぬか」

「赤目様、黙っておられれば、だれが借り着などと考えましょうか」

「芝居見物に借り着の言い訳は要らぬでな」

　奥から滑るような足音がして、水野登季がおりょうに導かれて姿を見せた。

「赤目どの、そなたのお招き有難く思いますぞ」

「奥方様、招いたのはそれがしではございませぬ。岩井半四郎様にございます」

「いえいえ、赤目小籐次どのと岩井半四郎のご縁がなくば、私もおりょうも市村座の盆芝居の初日、それも一首千両と眼千両の、二人の千両役者の対面を見物などできませんでしたよ。本日は赤目どののお招きの相伴に、おりょうともども与ります」

「奥方様、芝居見物など初めてにございますが、赤目小籐次、誠心誠意ご案内仕

ります」

先の乗物にはお登季、あとの乗物にはおりょうが乗り込んで、供頭の用人の声が、

「お立ち」

と響いて水野邸を出た。

お登季の乗物の傍らには当然、供頭の用人が、そして、おりょうの乗物の傍には小籐次が従い、霊南坂から三つの坂が合う三叉に出ると、乗物は汐見坂へと曲がった。さらに肥前佐賀藩鍋島家の中屋敷の角を虎御門へと向い、溜池から流れ出た御堀の南岸をひたひたと東海道に向う。

新シ橋、幸橋、土橋、難波橋を横目に秀次親分の家の前を通り過ぎようとした。

すると、ちょうど姿を見せた手先の銀太郎が小籐次の継裃姿を見て、目を丸くした。

「これはこれは、赤目様、本日はなかなかのお仕度にございますな」

「銀太郎どの、似合うかのう」

「だれも研ぎ屋の酔いどれ様とは思いませんよ。大身旗本のご家来に見えます」

と世辞で見送った。

供頭の用人が芝口橋を、

「なんじゃ、人だかりがしておるが」

と小手を翳《かざ》してみた。

小籐次も視線を巡らした。

東海道に架かる日本橋から二番目の橋の上はいつにも増して人だかりがしていた。そして、読売屋の声が響いてきた。

「さあさ、通りすがりの皆の衆に申し上げますぞ。本日は二丁町で盆興行の初日の幕開けにございますよ。元々皐月芝居の舞納めで、すでに芝居小屋は土用休みに入っている。だが、お立ち会いの衆、今年の秋は一味違う趣向だ。盆興行に、立女形の岩井半四郎が四代目鶴屋南北先生の新作『薬研堀宵之蛍火』を演じようという話だ」

どうやら空蔵が健筆を振るった読売を、水野家の乗物が通りかかるのに合わせて売り出そうという魂胆と思えた。

「赤目様、あの人込みを乗物は抜けねばなりませぬか」

用人の声には怯《おび》えがあった。

「用人どの、それがしが露払いを務めます」

「お願いいたします」

と用人がおりょうの乗物の傍らに来て、小籐次がお登季の乗物の傍らからその先頭に立とうとすると、

「赤目どの」

とお登季の声がした。

「お加減が悪うございますか」

「なんの加減が悪いことがありましょう。私は女形にでも変身した心持ち、花道を行く気分ですよ。もう最前から十分に芝居を楽しんでおります」

「それはようございました」

小籐次は乗物の先頭に立った。

「さてさて、眼千両の新作興行に華を添えた人物がございますよ。なにを隠そう、ただ今、江都で名高き人物」

「みなまで言うな、読売屋。わっしらが承知の酔いどれ小籐次様だろうが」

「ちぇっ、おれの口上を持っていきやがったぜ」

と腕に抱えた読売の束を竹棒の先で、
ぽーん

と叩いた読売屋が竹棒をぐるりと回して、

「ほおれ、見ねえ。あちらから参られる乗物の先頭に立っておられるのが、御鑓拝借で大名四家を震え上がらせ、小金井橋の十三人斬りを始め、数々の修羅場を潜って勲しを重ねてこられた酔いどれ小籐次様こと、赤目小籐次様の市村座乗り込みのお姿だ！」

と一段と声を張り上げると、
わあっ！

という大歓声が起こり、

「千両役者、酔いどれ様！」

とか、

「舞台の大和屋を向こうに回して大芝居を演じてきなせえよ！」

とか場違いの声援が飛び、紙吹雪まで橋の上に舞った。

白扇を片手に小籐次は頭をぺこりぺこりと下げながら、

「芝口界隈の皆々様、お騒がせ申して相すまぬことにござる」

と謝りながら橋を渡り切ると、久慈屋の前には主の昌右衛門以下、見習いの小僧まで居並んで一行を迎えた。そして、観右衛門の前には四斗樽がでーんと据えられていた。

「赤目小籐次様、大和屋岩井半四郎様が新作盆興行初日の幕開けにございますれば、演目成功大入り満員を願って一杯、ご酒を召し上がっていかれませぬか」

と観右衛門が呼びかけた。

その傍らには京屋喜平の番頭菊蔵、円太郎親方がいて、町内の鳶の連中が四、五升は入りそうな大杯を捧げ持って待機していた。

その全員が紅白の撚《よ》り紐《ひも》の襷《たすき》がけだ。

「観右衛門どの、それがし、本日、水野監物様奥方お登季様のお供にござれば、お気持ちだけ頂戴致す」

小籐次の返答を聞いた群衆の一人が、

「なんだよ、酔いどれ様。酒の一杯や二杯、飲んでいきなよ。日頃、世話になっている久慈屋の好意じゃねえか」

と叫び、乗物の中からお登季も、

「赤目どの、そなたは酒を飲むほどに顔に艶も出て、精気も漲《みなぎ》られる男子《おのこ》。久慈屋どの気持ち、馳走になりなされ」

と口を添えた。

「ならば、大和屋様の新作芝居成功を祈って、一杯だけ頂戴致しましょうかな」

という返事に、

「赤目様、そうこなくっちゃ」

と観右衛門が張り切り、菊蔵と二人で樽酒を大柄杓で大杯に注いだ。

大杯に、灘から下ってきた酒がなみなみと注がれた。

盛り上がった酒の表面に、初秋とは名ばかりの強い陽射しが降り注ぎ、それがきらきらと反射して、小籐次の顔を白く浮かび上がらせていた。

「頂戴致す」

小籐次は白扇を前帯に戻すと、鳶の連中が捧げ持つ大杯にかたちばかり両手を添えた。

芝口橋を埋めた群衆が小籐次の一挙手一投足を見守っていた。

鼻腔を広げて酒の香りを楽しんだ小籐次は、大杯の縁に軽く添えていた両手に力を入れて、口を付けた。

くいっ
と大杯の酒が小籐次の口の中へと流れ込み、大杯がゆっくりと上がっていった。

何百人もの群衆がいるにも拘らず芝口橋界隈は静寂が支配して、

くいっくいっ
と鳴る小籐次の喉の音だけが響いていた。

大杯の底が見えてきた。すると、
おおっ
というどよめきがあちらこちらで上がり、

「おい、一気に半分は飲んだぜ」

「酔いどれ様だ、なんのことがあろうか」

「そうは言うが、四、五升の酒を一息に飲み干す気か」

「まあ、見ていねえ」

大杯がほぼ立てられ、小籐次の顔が大杯に重なって消えた。

すうっ
と最後の一滴までもが小籐次の胃の腑に落ちて、大杯がゆっくりと戻された。

小籐次は口の端に付いた酒の滴を舌先で嘗めると、

「久慈屋どの、甘露にございました」

と礼を述べた。

わあっ！

という歓声が上がり、その声に抗するように、

「赤目小籐次様お飲み残しの不老長寿の薬、どなた様にもお裾分け致しとうございます。ご希望の方は順にお並び下さい」

と言う観右衛門の声に、最前よりさらに大きな歓声が沸いて、人波が四斗樽の前に移動した。

小籐次は行列の先頭に戻ると、

「奥方様、お待たせ致しました」

と詫び、出立の合図を陸尺らに送った。

行列が日本橋に向って再び進み始めた。

「赤目様、お見事なお手並みにございましたな」

とお登季の嬉しそうな声が乗物からした。

「なんのなんの、ただの外道飲みにございます」

「私は乗物での外出がたまらなく嫌でした。こんな狭い箱の中に閉じこめられて陰鬱《いんうつ》な気分になったものです。しかし、今日ほど乗物での外出が楽しいと思ったことはありません。女子の芝居見物は前の日から始まっていると申しますが、ほんとうのことなのですね」

「芝居見物は前日から始まっておりますか」

「前日には、着物はなにを着ていこうかとか、お弁当はどうしようかとか、また役者の仕草を考え、演目を思う楽しみもございます」

「それは楽しいものでございますな」

「実家《さと》の父は芝居好きでございまして、幼い私を木挽町の森田座、堺町の中村座、葺屋町の市村座三座を始め、時には宮地《みやち》芝居にも連れ出して見せてくれました。あの時代のわくわくとした気分を久しく忘れておりましたが、赤目どの、そなたのお蔭で久しぶりに芝居見物の高揚した気分を思い出しました」

「それは宜しゅうございました」

と小籐次は答えながら、芝口橋辺りから感じる、

「眼」

を意識していた。

乗物が日本橋に差しかかった。こちらも大変な人出だ。

「おい、見たか。赤目小籐次様が二丁町に向う姿だよ」

「いつもは汚い形をしているが、今日はまた継裃姿でよ、気取ってるじゃねえか」

「なにせ相手が眼千両の杜若半四郎様だからな」

などと勝手なことを言い合う中を進んでいくと、
すいっ
と小籐次に歩み寄り、肩を並べた武家がいた。

赤穂藩森家の家臣古田寿三郎だ。

「赤目様、倉前波卿様の江戸での金主は、赤穂城下で飯蛸《いいだこ》、干し魚などを一手に扱う海産物商、最近、魚河岸近くの大横丁に店開きした播州屋《ばんしゅうや》政右衛門にございました」

小籐次が古田の顔を見た。

古田は視線を前方に向けたまま、小籐次など知らぬげな顔付きでさらに言った。

「倉前様は江戸藩邸の実権を握ることを、播州屋は御用達の地位を狙うておるとか。とかく噂のある人物にございます」

「その者がなぜそれがしに目を向ける」

と小籐次は改めて訊いた。

「いえ、赤目小籐次様お一人に屈した藩の重臣たちに怒りを感じておられるようで、満座の中で赤目様に恥を掻かせて赤穂藩の恥辱を雪ぐと広言しておられるそうな」

「迷惑千万じゃな。本日の芝居見物に悪さをする気ではあるまいな」

「それが」

「それがどうした」

「播州屋が市村座の副頭取と知り合いとかで、平土間の枡席を何席か買い占めているそうにございます」

小籐次は古田寿三郎を見た。

横顔に苦衷があった。

「倉前波卿様は赤目小籐次様の真の恐ろしさを知りませぬ。もし市村座で事が起こり、赤穂藩の名が出るようなことがあれば、赤穂藩は終わりにございます。赤目様、倉前一味を赤穂藩と関わりなき人物として始末して下され。お願い申す」

昔、古田寿三郎の口から聞いたような願いがまた洩れた。

「重臣らがそなたに願うたか」

「いえ、忠敬様が直々に」

「都合がよいとはこのことよ」

「お頼み申します」

そう言い残すと、古田寿三郎の姿がすいっと小籐次から離れていった。

三

一日に千両の雨が降る町が江戸に三つあった。

「二丁町、五丁町、魚河岸」

の三カ所だ。むろんこの千両という二文字、小判千枚を意味するわけではなく、時に千両を超える売上げがあるという景気のいい形容だ。

五丁町とは北国《ほっこく》の遊里吉原のことだ。元吉原以来の江戸町《えどちょう》一丁目、二丁目、京町《きょうまち》一丁目、二丁目、そして角町《すみちょう》の五つを指し、吉原は五丁町の別名で呼ばれた。

魚河岸はむろん、公方様の魚を扱う日本橋川左岸の芝河岸、中河岸、地引河岸の北側の一角に広がる江戸住民の台所だ。

最後の二丁町とは、魚河岸の東、市村座のあった葺屋町、中村座のあった堺町の二つの町を差した。

二丁町、五丁町に比べ、魚河岸はまっとうな商いである。一日に千両の雨が降ろうと万両の商いが立とうと、だれからも文句の付けられようがない。それに対

して吉原と歌舞伎は二大悪所《あくしょ》と呼ばれたが、

「一日に三千両のおちどころ」

と誇称される繁栄を続けていた。

江戸の服飾、意匠、髪型、化粧、黄表紙、洒落本《しゃれ》、狂歌、音曲などは、この吉原と歌舞伎から発信され、江戸の流行《はやり》を形成してきたといって過言ではない。

ついでに言う。

徳川幕府の初期、魚河岸、芝居町、遊里の三つは、御城下にあってせいぜい五、六町の範囲に共存させられ、管理された。

だが、江戸の大半を焼失させた明暦の大火、俗にいう振袖火事の後、まず吉原が浅草田圃《たんぼ》の辺鄙《へんぴ》な地に移され、芝居町と接していた遊里は、元吉原の名を残すのみになった。

さらに、この物語の時代から二十数年後の天保の改革のために、芝居町も葺屋町、堺町の二丁町から浅草猿若町へと移されていく。

とまれ、物語に戻ろう。

眼千両の岩井半四郎の招きで盆芝居の新作『薬研堀宵之蛍火』初日に向う水野登季、北村おりょうの乗物は、日本橋を渡ると芝河岸を伝い、魚河岸の東に掘り抜かれた入堀に架かる荒布橋《あらめばし》を渡り、さらにもう一本並行する入堀の親仁橋を渡って新材木町の河岸道に出、照降町《てりふりちょう》を抜け、方向を左にとった。

　すると、その河岸道に入ったあたりから市村座まで芝居見物の群衆が詰めかけ、野次馬と一緒になって押し合いへし合いをしていた。

　乗物も行く手を阻まれてどうにも身動きがつかなくなった。

「馬鹿野郎、こんな日に乗物なんぞで乗り付けるんじゃねえ！」

　と野次馬に怒鳴られた用人が、

「赤目様、乗物を進めてよいものか、引き返したほうがいいのではありませんか」

　と恐怖に怯えた声で小籐次に問うた。

　進むも下がるも、もはや乗物が身動きつかない状態は同じだ。

「それがしがお願いしてみます」

　と小籐次は周りを囲む群衆に、

「ちと前をお開け願えますか」

　と声をかけた。

「冗談言うねえ、今日は盆芝居の初日だぜ。眼千両の舞台を楽しみに見物客が詰めかけた葺屋町の河岸に乗物で乗り込もうなんて、大体、ふてえ了見だぜ。おめえは江戸の芝居の初日の賑わいも知らねえ勤番者だな」

「そこをなんとか」

「なんだと、これだけおれが説明しても分らないか。唐変木が、名を名乗りやがれ」

「すまぬ。それがし、赤目小籐次と申す」

相手の両目が大きく見開かれて顔が凍り付き、

「そ、そいつを早く言うんだよ。酔いどれ様のご入来かえ。ささっ、道を開けた開けた」

と文句を付けていた兄いが周りに声をかけ、周囲がわずか一間ほど広がった。

だが、その先は詰めかけた人込みでとても身動きがつかない。

「どうするよ、酔いどれ様。奥方だかお女中を下ろして歩いて市村座入りするかえ」

しばし沈思した小籐次が、

「ちと座興を演じたい」

「なんだって、酔いどれ小籐次が市村座を前に座興とは、おもしれえや。大和屋の前座にたっぷりと演じねえ、演じねえ」

小籐次は継裃の襟から懐紙を抜き取った。

兄いが仲間の肩車で人波の上に上体を曝《さら》すと、

「おーい、市村座前のご一統に申し上げる。眼千両の岩井半四郎太夫に招かれた一首千両の酔いどれ様が、大和屋の前座を務めて、なんぞ芸を披露するとよ。場を開けねえ、場を開けねえ！」

と叫んだ。

「酔いどれ小籐次がなにをしようというのだ」

と言いながらも、人込みが後ろへと押し下げられた。

群衆の中、ぽっかりと開いた空地に二挺の乗物と小籐次が残された。

「それがし、赤目小籐次にござる。市村座盆芝居『薬研堀宵之蛍火』初日の幕開けの大入り満員、新作芝居の上首尾を祈願して、ささやかな華を添えとうござる！」

と大声を発した小籐次の片手の懐紙の束が虚空に、
さあっ
と投げ上げられた。

「なんだい、あの紙束はよ。読売屋が業を煮やして読売を投げ捨てたか」

と人込みの後ろから未だ事情の分らない群衆の一人が叫んだ。

「違わい。酔いどれ様が祝いの舞を演じられるのよ」

「なんだって、ならもっと道を開けねえ。野天の舞台を設《しつら》えるんだよ」

さらに群衆が外へと流れ、円形の空地ができた。その中にひっそりと二挺の乗物もあった。

小籐次の頭上では束になった懐紙がゆっくりと落下し始めていた。

息を溜めた小籐次が両足を開き、腰を沈めた。

懐紙が小籐次の頭の上に落ちかからんとしたまさにその瞬間、
はっ
という無音の気合いとともに、腰間から孫六兼元二尺二寸一分が白い光になって虚空に振り上げられ、懐紙を見事に両断した。

おおっ！

というどよめきが起こった。

だが、驚くのは早かった。

二つに斬り分けられた懐紙の束に再び兼元の刃が襲いかかり、二つを四つにし

た。さらに四つが八つに斬り分けられ、十六、三十二に分けられたとき、束になっていた懐紙が、

ぱあっ

と広がり、河岸道の空に舞う花吹雪《はなふぶき》と化した。

「市村座の弥栄を願うて赤目小籐次、季節外れの桜花、吹雪の舞を一差し供し申した！」

朗々とした小籐次の声に、

わああっ！

というどよめきが群衆から沸き起こり、

「一首千両、大名題！」

とか、

「酔いどれ小籐次、千両役者！」

の掛け声まで入った。

小籐次はぱちんと孫六兼元を鞘に納めると、

「水野登季様、北村おりょう様、お乗物進発！」

の命を発し、張りきった陸尺らが棒に肩を入れた。

二挺の乗物が市村座を目指して静々と進むと、人の群れの間に道ができた。そして、市村座の前では座元の市村羽左衛門が粋《いき》な小紋の継裃姿で乗物の到着を待ち受けていた。

「赤目小籐次様、水野登季様、北村おりょう様、市村座興行初日幕開けにご到着！」

市村座の木戸番が大声を発し、柝《き》を入れた。

市村座がその前身の村山座でこの二丁町に公許の印である櫓《やぐら》を立てたのは、寛永十一年（一六三四）の昔であった。以来、百八十年余の歳月が流れたが、かようにも派手な仕掛けで芝居見物に乗り込んできた者はいない。

間口十一間、高さ三間の芝居小屋の正面上に櫓が上がり、その下に櫓下絵看板がかかり、美貌、愛嬌、華麗と三拍子揃った五代目岩井半四郎の娘姿が掛けられてあった。

市村座元は、

「眼千両に一首千両、眼首二千両」

の策が当たったとばかり、内心、

にんまり

とした気分で赤目小籐次を迎えた。

「赤目小籐次様、お待ちしておりましたぞ」

「座元どの、お招きにより赤目小籐次、参上仕った」

と挨拶を返した小籐次は、まず水野登季が乗物から姿を見せるのを、

「奥方様、お疲れではございませんか」

と丁重に迎えた。

「赤目どの、なんの疲れなどありましょう。大和屋の芝居の前に酔いどれ芝居を存分に堪能させてもろうておりますよ。ささっ、おりょうと私を芝居小屋へと案内下さいませ」

と願った。

「おりょう様」

と小籐次が二挺目の乗物の扉の前で片膝をついて待機し、陸尺が草履を揃えて扉が開かれた。

「赤目様、お手をお借し願えますか」

とおりょうが願い、小籐次がおずおずと手を差し伸べておりょうが乗物から出るのを助けた。

大和横丁とその界隈の人だけにひっそりと評判を呼んできたおりょうの美貌が、初秋の光に際立ち、二丁町を圧した。なにしろその傍らで手を取っているのが、自らを、

「もくず蟹」

と称する不細工な小籐次だった。

二人の男女の対照は芝居どころではない。

おりょうの美貌に圧倒された群衆の、息を呑む音が重なった。

「赤目様、屋敷からの道中、かように楽しい思いをしたことはございません」

おりょうが艶然と小籐次に微笑《ほほえ》みかけると、群衆の中からひと際大きく、

「酔いどれ小籐次、北村おりょうご両人、天下一！」

の掛け声がかかり、その叫びに刺激されたか、さらにどよめきや叫び声が続いて起こった。

「参りましょうか」

小籐次は右手でおりょうの手を取り、左手をお登季に差し伸べて、市村座元の案内で鼠木戸から芝居小屋へと入っていった。

時に七つ（午後四時）過ぎ、初日の最初の客が小籐次ら三人であった。

小籐次は初めて歌舞伎の芝居小屋に入って目を見張った。

間口は十一間ながら、見物席である平土間、高土間、一階桟敷《さじき》が圧倒するように広がり、廻り舞台とセリのある舞台が見えた。

間口の二倍から三倍はありそうなほどの奥行きだ。

小籐次らの席は本花道の傍らの高土間で、舞台も観客席も一望できた。

「座元どの、かような立派な席で、なんとも感謝の言葉もござらぬ」

「赤目様、なんのことがございましょうか。こたびの演目は四代目鶴屋南北が知恵と工夫を絞った新作にございましてな、それだけに岩井半四郎丈がどう演じるか、見せどころではございますが、なにしろ新作、当たる狂言外れる狂言、こればかりは幕を開けてみなければ分りません。それが赤目様のご来場で眼首二千両の大看板の揃い踏み、評判が評判を呼んで大入り満員にございますよ。赤目様になんとお礼を申してよいやら、言葉もございません」

「新作興行はそれほど難しいものにござるか」

「はい。新作芝居を大きく育ててくれるのは見物の衆にございます。赤目小籐次様ばかりか、水野の奥方様、北村おりょう様に華を添えて頂きました。絶対に大当たり間違いなしでございますよ」

と市村座元が確約するところに、どっと見物人が茶屋の若い衆に案内されて入ってきた。そして、いつの間にか舞台と見物席を仕切る三色幕が引かれていた。

「座元、一つ、お尋ねしたい。副頭取と親しい大横丁の播州屋政右衛門どのの席はどちらにござろうか」

「おや、赤目様は播州屋さんをご存じでしたか。播州屋さんはこたび、平土間を三枡買い占められましたよ」

と市村座元が、小籐次らの席から四、五間ほど離れた平土間を指した。そこには五つ紋の黒羽織を着た武家が六、七人ほどいて、小籐次のほうを睨んでいた。

おそらく赤穂藩の探題目付倉前波卿と支配下の桐村十三郎、それに用心棒侍の面々であろう。

芝居見物の華やかさがそこだけ欠け、刺々《とげとげ》しい視線で小籐次を睨み返していた。

だが、いくら小籐次憎し、小籐次に恥を掻かせて御鑓拝借で泥に塗れた赤穂藩森家の恥辱を雪ぐ考えといえども、満座の市村座でなにかを仕掛けることはできまいと、芝居小屋の雰囲気に安心した。

小籐次は、赤穂藩のことも古田寿三郎の懸念も忘れて岩井半四郎丈の芝居を堪能しようと考えを切り替えた。

お登季とおりょうが座布団に座し、すでに新作芝居『薬研堀宵之蛍火』への期待に顔を紅潮させているのを見て、二人の後ろの席に座した。

「赤目様、岩井半四郎が後ほどご挨拶致します。まずは存分に芝居を楽しんで下さいませ」

という言葉を残すと、市村座元は見物席の馴染みに挨拶を送りながら舞台裏の座元部屋へと姿を消した。

だれが手配したか、若い衆が酒と幕ノ内弁当と菓子の類《たぐい》を運んできて、おりょうが心付けを渡した。

「赤目様、どなたからの届け物でしょうか」

お登季が小籐次にそのことを尋ねた。するとそこへ、久慈屋の観右衛門と京屋喜平の菊蔵、二人の番頭が本花道を伝って姿を見せた。

「奥方様、久慈屋の番頭観右衛門にございます。日頃から赤目小籐次様がお世話になり、ありがとう存じます」

と挨拶した。

観右衛門が初対面なのはお登季だけだった。

「おお、久慈屋の番頭どのですか。赤目様に世話をかけているのは水野のほうにございます。お礼は私のほうが述べねばなりませぬ」

　とお登季が笑みを返すと、菊蔵が、

「本日はごゆっくりと杜若半四郎大太夫の芸をお楽しみ下さい」

　と挨拶をした。

「おりょう様、ほれ、向こうの高土間に、久慈屋のお内儀、娘御が控えておられますぞ」

　と小籐次が教え、

「まこと赤目様の後ろ盾の久慈屋のご一家が揃っておられます」

　とおりょうが平土間越しに会釈を送った。

「赤目様、一つお酌をさせて下さい。それで私どもは退散致しますからな」

　と観右衛門がお登季、おりょう、そして、小籐次に酒器を持たせると、徳利から酌をしてくれた。

「観右衛門どの、なにやらそれがし、天にも昇る心地にござる。明日から再びいつもの暮らしに戻れるやら、不安になって参った」

「人間、時にこのようなハレの日があってもようございましょう。吉原もお芝居も、赤目様がお造りになるほの明かり久慈行灯の光のように、幻のようでもあり現《うつつ》のようでもあり、言わば一場の夢にございますよ。それさえ忘れなければ、宜しゅうございましょう」

「いかにもさよう。頂戴致す」

小籐次の声にお登季もおりょうも杯を上げ、ゆっくりと酒を口に含んで飲み干し、

「これほど酒が美味しいとは、芝居小屋で飲む酒は格別にございますね」

とお登季が艶然と微笑んだ。

「私どもはこれにて」

観右衛門と菊蔵が去った後、幕の内から見物席にゆったりと間を置いた拍子木《ひょうしぎ》の音が伝わってきて、弥が上にも舞台への期待を高めてくれた。

「おりょう、私はこのような幸せを感じたのは初めてですよ」

「奥方様、それは私とて同じことにございます。それもこれもすべて、赤目様がお膳立てをなされたことにございます」

「いかにもさようですね」

と笑ったお登季が、

「一つ、私から酔いどれ小籐次どのにお酌をさせて頂きましょうか」

と徳利を小籐次に差し出し、おりょうから、

「次は私に注がせて下さいませ」

と頼まれた小籐次は、酒の酔いにか、あるいは芝居小屋の雰囲気に呑まれてか、陶然とした気持ちでお登季の酌を受けた。

四

四代目鶴屋南北が眼千両岩井半四郎のために書き下ろした新作『薬研堀宵之蛍火』は、

「美貌、愛嬌、華麗」

の三拍子が揃った立女形の魅力を演目の中に存分にちりばめた芝居だった。ただ、芝居自体は練り込まれて稽古を重ねたわけではない。それだけに眼千両の魅力に頼っての初日だった。

元々、盆芝居は厳しい残暑の最中に行われるものだ。大名題や千両役者が出ることは少なく、若手や二流以下の役者たちが経験と修業を積むために出演するものと思われてきた。

夏枯れの時期、出演料が安い若手らに怪談噺《ばなし》や水狂言《みずきょうげん》を演じさせ、いくらかでも利が上がればよしとしたのが盆芝居だった。

だが、市村座の座元市村羽左衛門と岩井半四郎には、思惑があった。この盆狂言の時節に新作を舞台にかけて、あわよくば大和屋の、

「おはこ」

の一つにしたい狙いがあって賭《か》けに出た。同時に藪入《やぶい》りの客を当て込んで盆芝居を定着させたいという考えもあった。

それが『薬研堀宵之蛍火』だった。

この盆芝居が怪談噺や水狂言を題材にしたものが多いのは、農村の暮らしの中に伝わる怨霊《おんりょう》退散、怨霊回向《えこう》の風習などを主な演目にしてきた田舎芝居が江戸に伝わり、盆芝居の題材になったと考えられたからだ。

それだけにおどろおどろしい演目が多かった。

四代目鶴屋南北はそれを、江戸大川端の薬研堀を舞台に、船宿涼風の小町娘おふじの一夏の恋物語のふしぎ話として仕立て上げた。

市村座に灯りが入り、それがどろどろどろという大太鼓の音とともに、

ふうっ

と消えて、宵闇の中に稲妻が光り、雷鳴が轟《とどろ》いた。

暗い見物席から、女らが悲鳴を上げた。

だが、いつしか稲妻の光も弱くなり、雷鳴も遠のいていった。すると、大川端に蛍の群れが戻ってきて、淡くも黄緑色の灯りを幻想的に点した。

船宿涼風の暖簾が分けられ、紺地に杜若の意匠の浴衣姿の名女形岩井半四郎が姿を見せた。

その瞬間、場内の女たちが期せずして溜息を洩らした。

「大和屋、日本一！」

の声が早や、市村座に飛んだ。

釣り行灯に浮かぶおふじの姿は清楚《せいそ》にして妖艶《ようえん》、男の赤目小籐次も息を呑む姿だった。おりょうもお登季も溜息を洩らしていた。

薬研堀の船着場で、一艘の猪牙舟が今しも客を乗せて大川へ漕ぎ出そうとしていた。

「清さん、お待ちになって」

とおふじが若い船頭に声をかけて水辺に下り、乗客に小腰を屈《かが》めて会釈を送ると、猪牙舟の艫に手を添えて舟を堀へと押し出した。

その仕草だけで艶が漂い、見物人は背筋にぞくりとした寒気を覚えた。それほど岩井半四郎の演じるおふじは愛らしく、船頭清さんを密かに思慕する娘の恋心が伝わってきた。

猪牙舟が舞台の下手から上手に流れ、薬研堀から大川への出口に架かる難波橋を潜って姿を消した。

蛍火の中、おふじだけが薬研堀に残され、いつまでも清さんの舟を見送っていた。

一旦遠のいていた稲光が戻ってきて、薬研堀に佇むおふじの怯えた表情を浮かび上がらせた。だが、娘は、猪牙舟の船頭と客を案じる眼差しで大川を再び見た。

「眼千両」

の面目躍如たる仕草で、再び見物の女たちの間に静かなどよめきが沸いた。

河岸道に、おふじに横恋慕する旗本奴の白幡権八と家来たちが姿を見せて、おふじに目を留めた。

見物客の男が、

しっしっ

と、まるで野犬でも追い払うように声を洩らした。

「そこにおるのはおふじではないか」

物思いに耽るおふじの細身がはっとして河岸道を見上げ、白幡権八に気付いた。

「これはこれは、白幡の若様」

おふじが船宿の娘らしく如才ない作り笑いの顔を向けた。

「夕涼みに大川に舟を浮かべたい。おふじ、供をせえ」

「生憎と船頭が出払っております。お急ぎなれば、どこぞの船宿をおあたり願えますか」

「おふじ、そなたの足元に猪牙が一艘残っておるではないか」

「船頭が」

「おらねば、家来の糸車の氷助が昔覚えた櫓さばきを見せようぞ」

氷助が河岸道からぽーんと船着場に飛び、猪牙舟の仕度をすると、白幡権八主従三人がおふじの立つ船着場に下りてきた。家来の一人は野暮にも朱塗りの槍《やり》を担いでいた。

「ちょいと宿に許しを得て参ります」

とおふじの岩井半四郎が白幡権八の傍らをすり抜ける様子を見せた。すると白幡権八が、

「やらぬやらぬ、おふじはやらぬ」

と両手を広げて通せんぼをすると、主従三人で猪牙舟へと追い込んでいった。

恐怖に怯えたおふじの表情に平土間から、

「おふじさん、逃げて」

とか、

「こっちに来な、おれが助けるぜ」

と見物客が声をかけた。

岩井半四郎が演技していることを見物人はいつしか忘れ、おふじの身を案じていた。

「そちらに逃げてはだめ」

と新たな娘の悲鳴が上がった。だが、おふじは猪牙舟に乗らざるをえない仕儀に追い込まれていた。すると、勝ち誇った白幡主従がおふじの逃げ込んだ猪牙舟に乗り込もうとした。

どろどろどろ
と太鼓が鳴り響き、鉦《かね》が乱打された。

薬研堀に棲《す》む守り神の大河童《がっぱ》が、

「薬研堀の娘は行かせぬ、猪牙は出させぬ」

　と姿を見せた。

「おのれ、人の恋路を邪魔する奴は、大河童とて許しはせぬ」

　白幡権八が眦《まなじり》を釣り上げて、

「与三次、槍を持て」

　と朱塗りの槍を家来から引ったくると、革鞘を払い捨てて穂先を大河童に狙い定めた。

「白幡権八、旗本の意地を見せえ！」

　と一階桟敷に陣取る旗本奴の面々が応援の声を上げた。

「女に無理無体を仕掛けて、なにが旗本の意地だ。大河童、白幡なんぞは薬研堀の底に引き摺《ず》り込め！」

　と町衆が大河童を鼓舞した。

　白幡一味と大河童の戦いという思わぬ展開に、おふじは猪牙舟に倒れ込んで顔を袖で隠した。

　舞台では白幡権八と大河童の大立回りが打々発止と展開され、見物客は、

「大河童、頑張れ！」

「おふじを助けよ！」

「白幡権八、われらが付いておるぞ！」

と二派に分れて声援を送った。

小籐次もいつしか芝居ということを忘れて、舞台で展開される戦いを眺めていた。すると、隣りに座るおりょうの身が震えて、手が小籐次の手をしっかりと摑んだ。おりょうも芝居の世界に入り込み、いつしか我を忘れて夢中になっていたのだ。

白幡の槍さばきが勝って大河童がたじたじとなっていた。体のあちこちを穂先で突かれて血潮が流れ出していた。

おふじを乗せた猪牙舟に白幡一味が乗り込み、糸車の氷助が竿を操り、薬研堀から大川に出る気配を見せて、舞台から本花道へと差しかかった。

その猪牙舟に大河童が必死で追いすがり、最後の力を振り絞っておふじを助けようとしていた。

「大河童、頑張れ！」

小籐次らのいる高土間付近に漕ぎ寄せられる猪牙舟の戦いを見ながら、小籐次はふと平土間の枡席の倉前波卿らに視線を移した。用心棒侍の一人が膝の間に置いた持参の布袋に手を突っ込んでいるのが見えた。

（なにをする気か）

大河童の劣勢に見物の衆が悲鳴を上げ始めた。

「それ、一気に大河童の息の根を止めよ！」

見物の旗本奴が白幡権八の槍さばきにやんやの喝采《かっさい》を送った。

猪牙舟ではおふじが思わず合掌して、

「大河童様の命、お助けを」

と夜空を仰いで願った。

白幡権八が勢いづき、水面を泳ぎながら必死に追いすがる大河童に止《とど》めを刺そうとした。

「お待ち下さいませ、白幡権八様」

と勇を奮い起こしたおふじが猪牙舟に立ち上がり、

「薬研堀の守り神、大河童様を突き殺すというのであれば、この涼風のおふじの胸をまず一突きにした後になされませ」

と凛然《りんぜん》と見得を切った。

「なにっ、おふじ、そなたを先に突き殺せと申すか。そなたを極楽浄土に送り込む道具は、わが朱塗りの大槍無双丸ではないわ」

「と申されますと」

ふわっはっは
と白幡権八が大笑すると、

「それがしの自慢の槍がそなたの体を串刺しするのじゃ！」

えげつない白幡の言葉に市村座で見物する女衆から、
ぶうっ
という抗議の声が上がった。

「白幡権八、よう言うた。もう一つの自慢の槍、披露いたせ、披露いたせ！」

とこちらは旗本奴が白幡を声援した。

「よかろう。まずは大河童を無双丸の一突きで堀の底に沈めた後に、しっぽりと濡れ場が始まろうぞ」

と白幡権八が朱塗りの大槍を構えた。

わあっ！

と歓声と悲鳴が交錯して市村座が揺れんばかりに沸いた。

そのとき、思いがけない声が場内から上がった。

「酔いどれ小籐次様、杜若半四郎様が汚されるのをお助け下さい！」

女の悲鳴は、もはや盆芝居と現実の区別がつかないほどに芝居に入れ込んでいることを示していた。

「おお、そうだ。一首千両、御鑓拝借の赤目小籐次様が眼千両にはついておられますよ」

「ささっ、酔いどれ様、出番にございますよ」

おりょうが小籐次を見た。

小籐次は思わぬ展開に両目をぱちぱちさせていた。

「酔いどれの旦那、継裃なんぞ着込んで高土間に鎮座している場合じゃねえぜ。岩井半四郎様を助けたり助けたり」

と男の声もした。

「どうなされますな」

と水野登季も小籐次を興味津々の表情で見た。

小籐次はおふじを、岩井半四郎を見た。すると、半四郎の眼差しが小籐次に助けを求めるように見返した。

小籐次は未だ迷っていた。

きゃあっ！

という絶叫が起こったのは平土間だ。

倉前波卿の用心棒侍が袋からなにかくねくねとした生きものを摑み出し、小籐次を見ながら頭上で振り回していた。

蛇だ。

小籐次は髷に差していた竹とんぼを抜くと、指を捻りざま、放った。竹とんぼが、

ぶうん

と回転しながら高土間から平土間に飛び、小籐次に向って青大将を投げようとした用心棒の手首を回転する鋭い羽根で切った。

あっ

と悲鳴を上げた用心棒の手から青大将が平土間に落ちて辺りが騒然となった。

もはや芝居どころではない。

岩井半四郎のおふじも白幡権八も大河童も、一瞬そちらの騒ぎに気をとられて芝居を忘れた。

「生け捕ったぜ」

と男衆が青大将を摑んで羽織に包んだ。そして、

「芝居の邪魔をした野郎は許さねえ。出ていきやがれ！」

と平土間の倉前波卿一味を睨んだ。

「おお、そうだ。出ていきやがれ」

「さっさと去《い》ね」

の大合唱に、いたたまれなくなった倉前一味が、平土間から木戸へとそそくさと姿を消した。

芝居の興奮に水を差されて新作狂言がめちゃくちゃになりかけていた。

ちょんちょんちょんちょん
と柝が入って、乱れた芝居に緊張を取り戻そうとした。

ゆらり
と小籐次が孫六兼元を手に立ち上がったのはそのときだ。

「五代目岩井半四郎様に酔いどれ小籐次が助勢申す」

「おお、これはよいところに一首千両の赤目小籐次様。白幡権八に攫われそうにございます、どうかお助けを」

兼元を脇差の傍らに差し戻した小籐次は高土間から本花道に下りると、小さな

体でのしのしと猪牙舟へと歩いていった。すると白幡権八が、

「ござんなれ」

とばかりに無双丸の穂先を小籐次に向けて繰り出し、

「なんじは御鑓拝借の赤目小籐次よのう。その命をもらい受けた」

と大仰な仕草で台詞《せりふ》を張り上げると、えいやと穂先を突き出した。

小籐次は孫六兼元を手練《てだ》れの早業で抜くと、穂先を弾いて横手に流し、
ちょんちょんちょん
と朱塗りの柄を六、七寸刻みで斬り落とすと、兼元を峰に返して白幡権八の肩に軽くあて、

「白幡権八、きりきりと立ち去りませえ」

と大見得を切ってみせた。

「わあぁっ、白幡権八も酔いどれ小籐次には敵わぬ、敵わぬ」

と白幡権八と一味が尻に帆をかけ、その場から逃げ出した。

「赤目様、危うきところを」

「なにほどのことがござろうか」

孫六兼元を鞘に納めた小籐次が高土間に戻ろうとすると、

「あいや、赤目様、おふじを船宿涼風までお送り下さいましな。北村おりょう様もこの場の経緯、とくと承知。お許し下されましょうでな」

と岩井半四郎のおふじがおりょうに許しを乞う眼差しを送ると、おりょうも鷹揚に頷き返した。

「ほれ、あのとおりお許しが出ましたぞ」

「ならばおふじどの、お手を」

と小籐次が猪牙舟に乗るおふじの手を取ると、

「五代目岩井半四郎様と赤目小籐次、薬研堀徒歩《かち》渡りの道行の一場、とくとご覧あれ」

と本花道から舞台へと歩き出した。

鳴り物の調べが嫋々《じょうじょう》と始まり、

「眼千両、一首千両のご両人、蛍が飛び交う薬研堀の宵闇に静々と、生き場所か死に場所か、探し見つけて去りゆかん」

即席の浄瑠璃《じょうるり》が流れて、舞台は蛍が放つ明かりだけになった。

「よう、大和屋眼千両！」

「一首千両、酔いどれ様！」

と掛け声が絶え間なく続き、二人の千両役者が袖の闇に姿を没した。

赤目小籐次は霊南坂の水野監物邸の通用口を出ると、榎坂と汐見坂がぶつかる辻に向って下り始めた。

市村座の新作『薬研堀宵之蛍火』は小籐次の飛び入りの幕間《まくあい》狂言を挟んで、打ち出しは四つ（午後十時）近くに及んだ。

小籐次が水野登季とおりょうを伴い、岩井半四郎の楽屋に招きの礼を述べに行くと、半四郎も市村座元も顔を紅潮させて小籐次の到来を待っていて、

「赤目様、これで私のおはこが増えましてございます」

「新作興行大当たり間違いなし。それもこれも赤目小籐次様のご来場のお蔭にございます。お礼は改めて大和屋と一緒に伺います」

と興奮の体で語ったものだ。

小籐次はこちらも芝居見物に上機嫌のお登季とおりょうを屋敷まで送り、継裃を普段着に着替えて、

「酒を一杯」

と別れを惜しむ二人に、

「明日もござれば、この次の機会に」

と言い繕って屋敷を辞去したところだった。

二つの坂道が西と東から霊南坂にぶつかるところ、黒い影が待ち受けていた。

小籐次は足を止め、常夜灯が弱くこぼれる辻の人物を見た。

「赤穂藩探題目付倉前波卿、芝居見物に浮かれてまだ正気に立ち戻らぬか」

小籐次が吐き捨てた。

「許さぬ、老いぼれ爺が」

倉前の声に、用心棒侍らが一斉に抜刀した。そして、それを見た桐村十三郎が羽織を脱ぎ捨て鯉口《こいぐち》を切ると、用心棒らの群れを分けて小籐次の前に出た。

「身のほど知らずが」

小籐次はわずかに両足を開き、腰を沈めた。これで五尺余の背丈がさらに小さく見えた。

桐村十三郎は二尺五寸余の豪剣を抜き、右肩前に切っ先を天に向けて構えた。

こちらは大きな構えだ。

間合いは一間半余か。

「おぬし、死なずば世間の理《ことわり》が分らぬ仁とみた」

「ぬかせ」

八双に構えた剣を傾けさせながら、桐村十三郎が小籐次を圧するように迫ってきた。

なかなか大胆にして鋭い刃風だった。ために、小籐次は刀を抜くことを得なかった。

後退して小籐次が桐村の一撃を避けた。

桐村は、小籐次が躱《かわ》すことを見越していたように胴斬りの二の手を放った。一撃目よりもさらに踏み込み険しい斬撃だった。

小籐次はこれもなんとか避け得た。だが、避けるのに精いっぱいで反撃の機会を見出せなかった。

「十三郎、遊ぶでない」

倉前波卿から叱声が飛んだ。

「はっ」

と桐村が主の叱声に応え、三の手を小籐次の肩口へと落とした。

小籐次は腰を低くして刃の下を搔い潜った。

桐村の刃が小籐次の袖を斬り裂いたが、逃れた。

そのとき、小籐次は武蔵川越藩松平家上屋敷の白塀に追い詰められていた。

逃げ場がない、と倉前波卿には思えた。

「息の根を止めよ」

倉前の最後の宣告に桐村がにたりと笑って応じた。

小籐次が低くしていた構えから、すっくと背を伸ばした姿勢に戻した。

桐村はわずか一間先に立ち、小籐次が観念したと思ったか、八双に戻した。

それが小籐次を救った。

「死ね!」

桐村十三郎の雪崩《なだれ》落ちる刃へ自ら身を投げ出しながら、小籐次は相手の迫りくる両目を見ていた。

間合い。

小籐次の念頭にそれだけがあった。

右手が腹前を流れて二尺二寸一分の孫六兼元を抜くと、突進してきた桐村十三郎の内懐に飛び込むようにして、白い光と化した刃を存分に払い、桐村の腹部を撫で斬っていた。

ぐえっ

と奇妙な声を洩らした桐村十三郎の体が前傾姿勢のまま竦み、一瞬硬直していたが、ゆっくりと前のめりに崩れ落ちていった。

「来島水軍流流れ胴斬り」

小籐次の口からこの言葉が洩れて、切っ先がゆっくりと倉前に回された。

ぶるぶる

と非情の勝負を眼前に見せられた倉前の五体が震え始めた。

「倉前波卿、国許赤穂に戻り、大人しく奉公せえ。ならば命だけは助けて遣わす」

小籐次の命に倉前ががくがくと頷いた。

孫六兼元に血ぶりをくれた小籐次は、

「長い一日であったわ」

と呟きを洩らすと、葵坂に向って孤影を曳《ひ》いて下り始めた。

巻末付録

ちょいと歌舞伎を観にいこう

文春文庫・小藤次編集班

「赤目様、芝居と食い物で女を敵に回すと、百年の恨みを残しますよ」（本文より）

国三さんの忠告（脅し）を聞くまでもなく、芝居、つまり歌舞伎見物こそ、江戸庶民にとって最高の娯楽であり、ハレの日でした。

江戸時代は吉原と並んで悪所とされた歌舞伎芝居だから、庶民にとって芝居イコールパラダイスであった。「明日は芝居」となれば、楽しみで前夜は眠れないほど。女は着ていく着物、帯選びに余念なく、髪結いに結ってもらいバッチリ髪形をきめる。「あす芝居奥は子に伏し寅に起き」の川柳は、夜十二時までかかって芝居の準備をし、朝は四時すぎに起きて出かける支度をする光景を詠んだものである。（田口章子『江戸時代の歌舞伎役者』中公文庫）

遠足前夜の子どものようなワクワク気分が伝わってくる記述です。

もちろん今だって、楽しみにしていた芝居、あるいは大好きなアイドルのコンサートを控え、期待で眠れない夜を過ごした経験のある人も多いでしょうが、なにしろ今とは比較にならないほど娯楽の少なかった江戸時代のこと。その興奮は、現代を生きる私たちの想像に余ります。

お登季様やおりょうさんが誘われて大喜びし、国三さんが奉公の身という自分の立場を見失ってしまうのも、当然のことだったのかもしれません。

今日、歌舞伎見物といえば、縁のない人にとっては何となく敷居の高いもの。東京近辺に住んでいる人ならば「銀座の歌舞伎座でやっている」ということくらいはわかりますが、どうやってチケットを買えばいいのか。いくらくらいするのか。フラッと行って観られるものなのか――。疑問は尽きません。かくいう筆者もその一人。

でも、この機会に一度、小籐次たちが胸躍らせた芝居見物を体験してみたい……。実は、そんな歌舞伎未体験者にうってつけの仕組みが用意されています。前もってチケットを買わなくても、少々並ぶ時間の余裕さえあれば、気軽に当日券を入手できる「一幕見席《ひとまくみせき》」です。今回は、それをご紹介しましょう。

本来ならば小籐次一行も訪れた日本橋葺屋町の市村座で……といきたいところですが、残念ながら葺屋町（現・日本橋人形町三丁目）には芝居小屋の面影はありません（後述）。今日、歌舞伎といえばやはり銀座の歌舞伎座。世界でただひとつの歌舞伎専門劇場です。開場は明治二十二年（一八八九）。現在の建物が完成したのは二〇一三年。背後に二十九階建ての歌舞伎座タワーを従えた、晴海通りに面する四階建ての劇場。歌舞伎の総本山たる威厳と華やかさに満ちた、桃山風の建物です。

三月某日。歌舞伎座は三月大歌舞伎の真っ只中。夜の部（午後四時半開演）には歌舞伎十八番のひとつ「助六由縁江戸桜」がかかります。四年ぶりという市川海老蔵さんの助六を観てみたい気もしますが、初めての歌舞伎ということで標的は少々控えめ（?）にし、昼の部（午前十一時開演）の一幕目を狙います。

三月公演には昼の部三つ、夜の部三つ、合わせて六つの演目がありますが、一幕見席とは、文字通り、そのうちの一つだけを鑑賞できる当日券です。

筆者が歌舞伎座に到着したのは開演一時間前の午前十時。一幕見席のチケット売り場は、正面玄関の左側にあります。早くも数十人が列をつくっています。最後尾に並ぶと、うしろにも続々と人が並んでいきます。〝観劇数十年〟といった通い慣れた貫禄を醸し出す人がいます。一幕見席は、そういう大ベテランの歌舞伎愛好家も好んで買う席なのだそうです。あるいは筆者と同じくあたりをキョロキョロと見回している人、そして外国人観光客とおぼしき人の姿も目立ちます。

十時半、チケット販売窓口が開き、列が動き出します。並んでいたのは三十分ですから、そんなに長い気はしません。一幕見席は「一人一枚ずつしか購入できない（一人で複数人分のチケットをまとめて買うことはできない）」「同一部の連続した幕ならば、同時に購入可能」など、いくつか決まりがあるので、不明な点があれば、待っている間に列の傍らにいる係員さんに聞いてみるといいでしょう。親切に教えてくれます。

一幕見席の価格は公演によって違うそうですが、今回は千五百円でした。1等席一万八千円、2等席一万四千円、三階席四千円〜六千円、1階栈敷席二万円からすれば、かなりリーズナブルといえるのではないでしょうか。

ところで、江戸時代、歌舞伎の観劇料はいかほどだったのでしょうか。『江戸時代の歌舞伎役者』によれば、小籐次たちが訪れた市村座の木戸銭（入場料）は、天保五年（一八三四）には桟敷二十匁（約三万円）、高土間十五匁（約二万五千円）、土間十匁（約一万五千円）だった、とあります。

これは一人分の額ではない。客席は全体が桝で仕切られていたから、買うときは一区画（一間という）単位である。桟敷席の場合、一区画に五人ずつ入るというのが普通だった。ただし土間は「割土間」といって一人分を買うことができた。（『江戸時代の歌舞伎役者』）

小籐次一行が招かれたのは高土間ですから、買うと二万五千円。赤穂藩の桐村どもは平土間を三枡買ったので四万五千円。今日と大きな差はないようにも感じますが、同書では、四人で出かけたときの総費用として、木戸銭に敷物代、菓子代、酒代、肴代、弁当代、夜食代を加えて四十七匁（七万五百円）とはじき出しています。四人で一日七万円超の娯楽……。新兵衛長屋の人々の暮らし向きを考えると、やはり江戸庶民にはなかなか手が出るものではなかったでしょう。

さて一幕見席で料金を払い、入場番号が記されたチケットを受け取りました。筆者の番号は52番。「通常公演では椅子席約90名、立見約60名、合わせて約１５０名の定員でございます」（松竹ウェブサイトより）とのことなので、52番なら椅子を確保できる勘定です。チケット売り場の脇にある「一幕見席入口」からエレベーターで四階に直行。他の階の売店などに立ち寄ることはできません。

一幕見席は自由席です。いちばん天井に近い四階席に椅子がズラッと二列。足の長い外国人の方は、下半身を収めるのに少々苦労されています。さすがに舞台は遠いですが、十分に見えます（残念ながら、花道は途中までしか見えません）。役者さんの細かい表情を楽しみたいなら、オペラグラスがあったほうがいいでしょう。ロビーでは初心者の強い味方、イヤホンガイドを五百円で借りることができます。

十一時開演。一幕目は真山青果作の新歌舞伎「明君行状記」。備前岡山藩初代藩主・池田光政と、その家臣・青地善左衛門の相克を描いた物語です。

光政を演じるは中村梅玉さん。善左衛門は坂東亀三郎さん。クライマックスでは主従が舌鋒鋭く火花を散らしあい、客席も緊迫感に包まれます。かと思えばときにユーモラスなやりとりも挟まれ、笑い声も起きます。三階席あたりのお客さんから、絶妙のタイミングで「高砂屋っ」とかけ声がかかります。うーむ、これぞ歌舞伎。話もわかりやすく、イヤホンガイドがなくても十分筋を追えるものでした。

というわけで芝居に没入しているうちに時間はあっという間に過ぎ、「明君行状記」は一時間強で幕。初めて歌舞伎の雰囲気を味わうには、ちょうどよい長さでした。

お芝居として面白いし、なにより他の演劇とはひと味もふた味も違う、歌舞伎ならではの非日常的な空間に心が躍りました。——我ながら素朴すぎる感想ですが、歌舞伎愛好家としても知られるアナウンサーの山川静夫さんは、こう書いています。

歌舞伎は伝統芸能で世界遺産にも指定されたと聞けば、なにか難しいものと思われがちですが、歌舞伎にとってはかえって迷惑です。「おもしろかった」「おもしろくなかった」「感動した」「つまらなかった」――そうした率直な反応は歌舞伎のはげみになるのです。歌舞伎は庶民の娯楽として生き続けたいのです。他人の意見に左右されない自分なりの感性の尺度を持つことが、歌舞伎を愉しむ第一のコツかもしれません。（山川静夫『歌舞伎の愉しみ方』岩波新書）

好きなように楽しめばよい。いろんな楽しみ方を許す懐の深さが、歌舞伎にはある――。だからこそ江戸時代から最高の娯楽として、幅広い階層に親しまれ続けてきたのでしょう。

観劇が終わったら、歌舞伎座タワー五階にある歌舞伎座ギャラリーに立ち寄ってみるのもいいでしょう。さまざまな展示物を通して、歌舞伎について理解を深めることができるスペースです（入場料・一般六百円）。筆者が訪れた際は「体験空間　歌舞伎にタッチ――しる・みる・ふれる・やってみる――」という展示の期間でした。歌舞伎に登場する動物や、小物や、効果音を出す器具が展示されており、実際に手を触れて試すことができます。

馬にまたがる筆者の勇姿（？）。気分は千両役者。

筆者も馬にまたがってみました。思ったよりずっと大きい……。これを二人の黒衣さんで支えるそうです。説明書きによれば、明治時代までは本物の馬を舞台に上げ、失敗したこともあったそうな。

ところで、先述の通り、小籐次一行が訪れたのは歌舞伎座ではなく日本橋葺屋町の市村座。今、その界隈はどうなっているのか。ついでにちょっと足を伸ばしてみましょう。

東銀座駅から都営浅草線に乗り五分。人形町駅を地上に出ると、そこはオフィス街のど真ん中。人形町交差点をちょっと北に向かった左手のブロックが、旧葺屋町です。

コーヒーショップの前に建つ「堺町・葺屋町芝居町跡」という案内板にはこうあります。

江戸時代、この辺りには芝居小屋やそれ

らを取り巻く茶屋などが集まっており、大変賑わっていました。芝居小屋のなかには、江戸三座と呼ばれた官許の芝居のうち、歌舞伎を興行した中村座と市村座（ほかに現銀座六丁目あたりの森田座）があり、このほかにも人形浄瑠璃の芝居小屋も多数ありました。（略）

堺町・葺屋町の芝居小屋は、天保の改革により天保十三年（一八四二）から翌十四年にかけて、猿若一丁目から三丁目（現台東区浅草六丁目あたり）を起立してそこに移されるまで、二百年前後この地にありました。

明治期に入り、三座はそれぞれ猿若町を離れますが、明治二十二年、作家・福地桜痴が中心となり、京橋区木挽町（現・中央区銀座）に歌舞伎座が開設されました。以降、今日に至るまで、その地が、日本が世界に誇る舞台芸術の中心地であり続けています。

人形町は、水天宮にもほど近く、飲食店などもひしめく楽しい町ですが、芝居小屋が去ってから百七十年余、さすがに往時を思い起こさせるよすがはありません。人形町通りをひっきりなしに通る車を眺めながら、先ほどの歌舞伎座の華やかさを思い起こし、ちょっとだけ寂しい気分に浸りました。

【歌舞伎座ウェブサイト】http://www.kabuki-za.co.jp/

本書は『酔いどれ小籐次留書　杜若艶姿』（二〇〇九年八月　幻冬舎文庫刊）に
著者が加筆修正を施した「決定版」です。

ＤＴＰ制作・ジェイ　エスキューブ

文春文庫

杜《と》若《じやく》艶《あで》姿《すがた》

定価はカバーに
表示してあります

酔《よ》いどれ小籐次《ことうじ》（十二）決定版《けつていばん》

2017年5月10日　第1刷

著　者　佐《さ》伯《えき》泰《やす》英《ひで》
発行者　飯窪成幸
発行所　株式会社 文藝春秋

東京都千代田区紀尾井町 3-23　〒102-8008
TEL　03・3265・1211
文藝春秋ホームページ　http://www.bunshun.co.jp

落丁、乱丁本は、お手数ですが小社製作部宛お送り下さい。送料小社負担でお取替致します。

印刷製本・凸版印刷

Printed in Japan
ISBN978-4-16-790853-9

佐伯泰英
文庫時代小説
全作品チェックリスト

2017年5月現在
監修／佐伯泰英事務所

掲載順はシリーズ名の五十音順です。品切れの際はご容赦ください。

どこまで読んだか、チェック用にどうぞご活用ください。
キリトリ線で切り離すと、書店に持っていくにも便利です。

佐伯泰英事務所公式ウェブサイト「佐伯文庫」 http://www.saeki-bunko.jp/

キリトリ線

居眠り磐音 江戸双紙 いねむりいわね えどぞうし

双葉文庫

□ ① 陽炎ノ辻 かげろうのつじ
□ ② 寒雷ノ坂 かんらいのさか
□ ③ 花芒ノ海 はなすすきのうみ
□ ④ 雪華ノ里 せっかのさと
□ ⑤ 龍天ノ門 りゅうてんのもん
□ ⑥ 雨降ノ山 あふりのやま
□ ⑦ 狐火ノ杜 きつねびのもり
□ ⑧ 朔風ノ岸 さくふうのきし
□ ⑨ 遠霞ノ峠 えんかのとうげ
□ ⑩ 朝虹ノ島 あさにじのしま
□ ⑪ 無月ノ橋 むげつのはし
□ ⑫ 探梅ノ家 たんばいのいえ
□ ⑬ 残花ノ庭 ざんかのにわ
□ ⑭ 夏燕ノ道 なつつばめのみち
□ ⑮ 驟雨ノ町 しゅううのまち
□ ⑯ 螢火ノ宿 ほたるびのしゅく
□ ⑰ 紅椿ノ谷 べにつばきのたに
□ ⑱ 捨雛ノ川 すてびなのかわ
□ ⑲ 梅雨ノ蝶 ばいうのちょう
□ ⑳ 野分ノ灘 のわきのなだ
□ ㉑ 鯖雲ノ城 さばぐものしろ
□ ㉒ 荒海ノ津 あらうみのつ
□ ㉓ 万両ノ雪 まんりょうのゆき
□ ㉔ 朧夜ノ桜 ろうやのさくら
□ ㉕ 白桐ノ夢 しろぎりのゆめ
□ ㉖ 紅花ノ邨 べにばなのむら
□ ㉗ 石榴ノ蠅 ざくろのはえ
□ ㉘ 照葉ノ露 てりはのつゆ
□ ㉙ 冬桜ノ雀 ふゆざくらのすずめ
□ ㉚ 侘助ノ白 わびすけのしろ
□ ㉛ 更衣ノ鷹 きさらぎのたか 上
□ ㉜ 更衣ノ鷹 きさらぎのたか 下
□ ㉝ 孤愁ノ春 こしゅうのはる
□ ㉞ 尾張ノ夏 おわりのなつ
□ ㉟ 姥捨ノ郷 うばすてのさと
□ ㊱ 紀伊ノ変 きいのへん
□ ㊲ 一矢ノ秋 いっしのとき
□ ㊳ 東雲ノ空 しののめのそら
□ ㊴ 秋思ノ人 しゅうしのひと
□ ㊵ 春霞ノ乱 はるがすみのらん
□ ㊶ 散華ノ刻 さんげのとき
□ ㊷ 木槿ノ賦 むくげのふ
□ ㊸ 徒然ノ冬 つれづれのふゆ
□ ㊹ 湯島ノ罠 ゆしまのわな
□ ㊺ 空蟬ノ念 うつせみのねん
□ ㊻ 弓張ノ月 ゆみはりのつき
□ ㊼ 失意ノ方 しついのかた
□ ㊽ 白鶴ノ紅 はっかくのくれない
□ ㊾ 意次ノ妄 おきつぐのもう
□ ㊿ 竹屋ノ渡 たけやのわたし
□ 51 旅立ノ朝 たびだちのあした

【シリーズ完結】

キリトリ線

キリトリ線

□ シリーズガイドブック **「居眠り磐音 江戸双紙」読本**（特別書き下ろし小説・シリーズ番外編「跡継ぎ」収録）

□ 居眠り磐音 江戸双紙 帰着準備号 **橋の上** はしのうえ（特別収録「著者メッセージ&インタビュー」「磐音が歩いた『江戸』案内」「年表」）

□ 吉田版 **「居眠り磐音」江戸地図 磐音が歩いた江戸の町**（文庫サイズ箱入り）超特大地図＝縦75cm×横80cm

鎌倉河岸捕物控 かまくらがしとりものひかえ　ハルキ文庫

□ ① **橘花の仇** きっかのあだ
□ ② **政次、奔る** せいじ、はしる
□ ③ **御金座破り** ごきんざやぶり
□ ④ **暴れ彦四郎** あばれひこしろう
□ ⑤ **古町殺し** こまちごろし
□ ⑥ **引札屋おもん** ひきふだやおもん
□ ⑦ **下駄貫の死** げたかんのし
□ ⑧ **銀のなえし** ぎんのなえし
□ ⑨ **道場破り** どうじょうやぶり
□ ⑩ **埋みの棘** うずみのとげ
□ ⑪ **代がわり** だいがわり
□ ⑫ **冬の蜉蝣** ふゆのかげろう
□ ⑬ **独り祝言** ひとりしゅうげん
□ ⑭ **隠居宗五郎** いんきょそうごろう
□ ⑮ **夢の夢** ゆめのゆめ
□ ⑯ **八丁堀の火事** はっちょうぼりのかじ
□ ⑰ **紫房の十手** むらさきぶさのじって
□ ⑱ **熱海湯けむり** あたみゆけむり
□ ⑲ **針いっぽん** はりいっぽん
□ ⑳ **宝引きさわぎ** ほうびきさわぎ
□ ㉑ **春の珍事** はるのちんじ
□ ㉒ **よっ、十一代目!** よっ、じゅういちだいめ
□ ㉓ **うぶすな参り** うぶすなまいり
□ ㉔ **後見の月** うしろみのつき
□ ㉕ **新友禅の謎** しんゆうぜんのなぞ
□ ㉖ **閉門謹慎** へいもんきんしん
□ ㉗ **店仕舞い** みせじまい
□ ㉘ **吉原詣で** よしわらもうで
□ ㉙ **お断り** おことわり
□ ㉚ **嫁入り** よめいり

□ シリーズガイドブック **「鎌倉河岸捕物控」読本**（特別書き下ろし小説・シリーズ番外編「寛政元年の水遊び」収録）

□ シリーズ副読本 **鎌倉河岸捕物控 街歩き読本**

空也十番勝負 青春篇 くうやじゅうばんしょうぶ せいしゅんへん 双葉文庫

□ ① 声なき蟬 こえなきせみ 上
□ ② 声なき蟬 こえなきせみ 下

交代寄合伊那衆異聞 こうたいよりあいいなしゅういぶん 講談社文庫

□ ① 変化 へんげ
□ ② 雷鳴 らいめい
□ ③ 風雲 ふううん
□ ④ 邪宗 じゃしゅう
□ ⑤ 阿片 あへん
□ ⑥ 攘夷 じょうい
□ ⑦ 上海 しゃんはい
□ ⑧ 黙契 もっけい
□ ⑨ 御暇 おいとま
□ ⑩ 難航 なんこう
□ ⑪ 海戦 かいせん
□ ⑫ 謁見 えっけん
□ ⑬ 交易 こうえき
□ ⑭ 朝廷 ちょうてい
□ ⑮ 混沌 こんとん
□ ⑯ 断絶 だんぜつ
□ ⑰ 散斬 ざんぎり
□ ⑱ 再会 さいかい
□ ⑲ 茶葉 ちゃば
□ ⑳ 開港 かいこう
□ ㉑ 暗殺 あんさつ
□ ㉒ 血脈 けつみゃく
□ ㉓ 飛躍 ひやく
【シリーズ完結】

長崎絵師通吏辰次郎 ながさきえしとおりしんじろう ハルキ文庫

□ ① 悲愁の剣 ひしゅうのけん
□ ② 白虎の剣 びゃっこのけん

夏目影二郎始末旅 なつめえいじろうしまつたび 光文社文庫

□ ① 八州狩り はっしゅうがり
□ ② 代官狩り だいかんがり
□ ③ 破牢狩り はろうがり
□ ④ 妖怪狩り ようかいがり

キリトリ線

キリトリ線

□⑤ **百鬼狩り** ひゃっきがり
□⑥ **下忍狩り** げにんがり
□⑦ **五家狩り** ごけがり
□⑧ **鉄砲狩り** てっぽうがり
□⑨ **奸臣狩り** かんしんがり
□⑩ **役者狩り** やくしゃがり
□⑪ **秋帆狩り** しゅうはんがり
□⑫ **鵺女狩り** ぬえめがり
□⑬ **忠治狩り** ちゅうじがり
□⑭ **奨金狩り** しょうきんがり
□⑮ **神君狩り** しんくんがり
【シリーズ完結】

□シリーズガイドブック **夏目影二郎「狩り」読本**（特別書き下ろし小説・シリーズ番外編「位の桃井に鬼が棲む」収録）

秘剣 ひけん　祥伝社文庫

□① **秘剣雪割り** 悪松・棄郷編 ひけんゆきわり わるまつ・ききょうへん
□② **秘剣瀑流返し** 悪松・対決「鎌鼬」 ひけんばくりゅうがえし わるまつ・たいけつかまいたち
□③ **秘剣乱舞** 悪松・百人斬り ひけんらんぶ わるまつ・ひゃくにんぎり
□④ **秘剣孤座** ひけんこざ
□⑤ **秘剣流亡** ひけんりゅうぼう

古着屋総兵衛 初傳 ふるぎやそうべえ しょでん　新潮文庫

□ **光圀** みつくに （新潮文庫百年特別書き下ろし作品）

古着屋総兵衛影始末　ふるぎやそうべえかげしまつ　新潮文庫

- □① 死闘　しとう
- □② 異心　いしん
- □③ 抹殺　まっさつ
- □④ 停止　ちょうじ
- □⑤ 熱風　ねっぷう
- □⑥ 朱印　しゅいん
- □⑦ 雄飛　ゆうひ
- □⑧ 知略　ちりゃく
- □⑨ 難破　なんぱ
- □⑩ 交趾　こうち
- □⑪ 帰還　きかん

【シリーズ完結】

新・古着屋総兵衛　しん・ふるぎやそうべえ　新潮文庫

- □① 血に非ず　ちにあらず
- □② 百年の呪い　ひゃくねんののろい
- □③ 日光代参　にっこうだいさん
- □④ 南へ舵を　みなみへかじを
- □⑤ ◯に十の字　まるにじゅのじ
- □⑥ 転び者　ころびもん
- □⑦ 二都騒乱　にとそうらん
- □⑧ 安南から刺客　アンナンからしかく
- □⑨ たそがれ歌麿　たそがれうたまろ
- □⑩ 異国の影　いこくのかげ
- □⑪ 八州探訪　はっしゅうたんぼう
- □⑫ 死の舞い　しのまい
- □⑬ 虎の尾を踏む　とらのおをふむ

密命　みつめい／完本 密命　かんぽん みつめい

※新装改訂版の「完本」を随時刊行中

祥伝社文庫

- □① 完本 密命 見参！ 寒月霞斬り　けんざん かんげつかすみぎり
- □② 完本 密命 弦月三十二人斬り　げんげつさんじゅうににんぎり
- □③ 完本 密命 残月無想斬り　ざんげつむそうぎり
- □④ 完本 密命 刺客 斬月剣　しかく ざんげつけん
- □⑤ 完本 密命 火頭 紅蓮剣　かとう ぐれんけん
- □⑥ 完本 密命 兇刃 一期一殺　きょうじん いちごいっさつ

キリトリ線

キリトリ線

□⑦完本 **密命** 初陣 霜夜炎返し　ういじん　そうやほむらがえし

□⑧完本 **密命** 悲恋 尾張柳生剣　ひれん　おわりやぎゅうけん

□⑨完本 **密命** 極意 御庭番斬殺　ごくい　おにわばんざんさつ

□⑩完本 **密命** 遺恨 影ノ剣　いこん　かげのけん

□⑪完本 **密命** 残夢 熊野秘法剣　ざんむ　くまのひほうけん

□⑫完本 **密命** 乱雲 傀儡剣合わせ鏡　らんうん　くぐつけんあわせかがみ

□⑬完本 **密命** 追善 死の舞　ついぜん　しのまい

□⑭完本 **密命** 遠謀 血の絆　えんぼう　ちのきずな

□⑮完本 **密命** 無刀 父子鷹　むとう　おやこだか

□⑯完本 **密命** 烏鷺 飛鳥山黒白　うろ　あすかやまこくびゃく

□⑰完本 **密命** 初心 闇参籠　しょしん　やみさんろう

□⑱完本 **密命** 遺髪 加賀の変　いはつ　かがのへん

□⑲完本 **密命** 意地 具足武者の怪　いじ　ぐそくむしゃのかい

□⑳完本 **密命** 宣告 雪中行　せんこく　せっちゅうこう

□㉑完本 **密命** 相剋 陸奥巴波　そうこく　みちのくともえなみ

□㉒完本 **密命** 再生 恐山地吹雪　さいせい　おそれざんじふぶき

【旧装版】

□㉓**仇敵** 決戦前夜　きゅうてき　けっせんぜんや

□㉔**切羽** 潰し合い中山道　せっぱ　つぶしあいなかせんどう

□㉕**覇者** 上覧剣術大試合　はしゃ　じょうらんけんじゅつおおじあい

□㉖**晩節** 終の一刀　ばんせつ　ついのいっとう

【シリーズ完結】

□シリーズガイドブック**「密命」読本**（特別書き下ろし小説・シリーズ番外編「虚けの龍」収録）

小籐次青春抄　ことうじせいしゅんしょう　文春文庫

□**品川の騒ぎ・野鍛冶**　しながわのさわぎ　のかじ

酔いどれ小籐次　よいどれことうじ

文春文庫

□①御鑓拝借　おやりはいしゃく
□②意地に候　いじにそうろう
□③寄残花恋　のこりはなよするこい
□④一首千両　ひとくびせんりょう
□⑤孫六兼元　まごろくかねもと
□⑥騒乱前夜　そうらんぜんや
□⑦子育て侍　こそだてざむらい
□⑧竜笛嫋々　りゅうてきじょうじょう
□⑨春雷道中　しゅんらいどうちゅう
□⑩薫風鯉幟　くんぷうこいのぼり
□⑪偽小籐次　にせことうじ
□⑫杜若艶姿　とじゃくあですがた

〈決定版〉随時刊行予定

□⑬野分一過　のわきいっか
□⑭冬日淡々　ふゆびたんたん
□⑮新春歌会　しんしゅんうたかい
□⑯旧主再会　きゅうしゅさいかい
□⑰祝言日和　しゅうげんびより
□⑱政宗遺訓　まさむねいくん
□⑲状箱騒動　じょうばこそうどう

新・酔いどれ小籐次　しん・よいどれことうじ

文春文庫

□①神隠し　かみかくし
□②願かけ　がんかけ
□③桜吹雪　はなふぶき
□④姉と弟　あねとおとうと
□⑤柳に風　やなぎにかぜ
□⑥らくだ　らくだ
□⑦大晦り　おおつごもり

キリトリ線

キリトリ線

吉原裏同心 よしわらうらどうしん

光文社文庫

- □ ① 流離 りゅうり
- □ ② 足抜 あしぬき
- □ ③ 見番 けんばん
- □ ④ 清搔 すががき
- □ ⑤ 初花 はつはな
- □ ⑥ 遣手 やりて
- □ ⑦ 枕絵 まくらえ
- □ ⑧ 炎上 えんじょう
- □ ⑨ 仮宅 かりたく
- □ ⑩ 沽券 こけん
- □ ⑪ 異館 いかん
- □ ⑫ 再建 さいけん
- □ ⑬ 布石 ふせき
- □ ⑭ 決着 けっちゃく
- □ ⑮ 愛憎 あいぞう
- □ ⑯ 仇討 あだうち
- □ ⑰ 夜桜 よざくら
- □ ⑱ 無宿 むしゅく
- □ ⑲ 未決 みけつ
- □ ⑳ 髪結 かみゆい
- □ ㉑ 遺文 いぶん
- □ ㉒ 夢幻 むげん
- □ ㉓ 狐舞 きつねまい
- □ ㉔ 始末 しまつ
- □ ㉕ 流鶯 りゅうおう

□ シリーズ副読本 佐伯泰英「吉原裏同心」読本

吉原裏同心抄 よしわらうらどうしんしょう

光文社文庫

- □ ① 旅立ちぬ たびだちぬ

シリーズ外作品

ハルキ文庫

- □ 異風者 いひゅもん

（　）内は解説者。品切の節はご容赦下さい。

酒見賢一
泣き虫弱虫諸葛孔明　第弐部
酒見版「三国志」第2弾！　正史・演義を踏まえながら、スラップスティックなギャグをふんだんに織り込んだ異色作。第弐部は孔明出盧《しゅつろ》から長坂坡《ちょうはんは》の戦いまでが描かれます。（東　えりか）
さ-34-4

酒見賢一
泣き虫弱虫諸葛孔明　第参部
魏の曹操との「赤壁の戦い」を前に、呉と同盟を組まんとする劉備たち。だが、呉の指揮官周瑜は、孔明の宇宙的な変態的言動に殺意を抱いた。手に汗握る第参部！　（市川淳一）
さ-34-6

酒見賢一
墨攻
古代中国、「墨守」という言葉を生んだ謎の集団・墨子教団。たった一人で大軍勢から小さな城を守った男を、静謐な筆致で描いた鬼才の初期傑作。（小谷真理）
さ-34-5

桜庭一樹
伏《ふせ》
贋作・里見八犬伝
娘で猟師の浜路は江戸に跋扈する人と犬の子孫「伏」を狩りに兄の元へやってきた。里見の家に端を発した長きに亘る因果の輪が今開く。（大河内一楼）
さ-50-6

指方恭一郎
江戸の仇《かたき》
長崎奉行所秘録　伊立重蔵事件帖
長崎開港以来初めてとなる「武芸仕合」の開催が決まった。重蔵も腕を見込まれてエントリー。阿蘭陀人、唐人、さらには江戸で因縁の男まで現れて……。書き下ろしシリーズ第五弾！
さ-54-5

指方恭一郎
フェートン号別件
長崎奉行所秘録　伊立重蔵事件帖
出島に数年ぶりの外国船がやってきた。阿蘭陀船かと喜んだ長崎の街は、イギリス船だと知り仰天する。重蔵は仲間を総動員して街の防衛に立ち上がるが……。人気シリーズ完結編。
さ-54-6

佐伯泰英
神隠し
新・酔いどれ小籐次（一）
背は低く額は禿げ上がり、もくず蟹のような顔の老侍で、無類の大酒飲み。だがひとたび剣を抜けば来島水軍流の達人である赤目小籐次が、次々と難敵を打ち破る痛快シリーズ第一弾！
さ-63-1

佐伯泰英
願かけ
新・酔いどれ小籐次（二）
一体なんのご利益があるのか、研ぎ仕事中の小籐次に賽銭を投げて拝む人が続出する。どうやら裏で糸を引く者がいるようだが、その正体、そして狙いは何なのか——。シリーズ第二弾！
さ-63-2

佐伯泰英
桜吹雪《はなふぶき》
新・酔いどれ小籐次（三）
夫婦の披露目をし、新しい暮らしを始めた小籐次。呆けが進んだ長屋の元差配のために、一家揃って身延山久遠寺への代参の旅に出るが、何者かが一行を待ち受けていた。シリーズ第三弾！
さ-63-3

佐伯泰英
姉と弟
新・酔いどれ小籐次（四）
小籐次に斃された実の父の墓石づくりをする駿太郎と、父のもとで錺職人修業を始めたお夕。姉弟のような二人を見守る小籐次に、戦いを挑もうとする厄介な人物が—。シリーズ第四弾。
さ-63-4

司馬遼太郎
竜馬がゆく
（全八冊）
土佐の郷士の次男坊に生まれながら、ついには維新回天の立役者となった坂本竜馬の奇跡の生涯を、激動期に生きた多数の青春群像とともに大きなスケールで描く永遠の傑作青春小説。
し-1-67

司馬遼太郎
坂の上の雲
（全八冊）
松山出身の歌人正岡子規と軍人の秋山好古・真之兄弟の三人を中心に、維新を経て懸命に近代国家を目指し、日露戦争の勝利に至る勃興期の明治をあざやかに描く大河小説。（島田謹二）
し-1-76

司馬遼太郎
翔ぶが如く
（全十冊）
明治新政府にはその発足時からさまざまな危機が内在外在していた。征韓論から西南戦争に至るまでの日本の近代をダイナミックかつ劇的にとらえた大長篇小説。（平川祐弘・関川夏央）
し-1-94

柴田錬三郎
真田幸村
真田十勇士
家康が最も恐れた男・真田幸村。猿飛佐助や霧隠才蔵などの忍者を始めとする真田十勇士と共に徳川方を苦しめ、大阪夏の陣へ——。奇想天外な伝奇ロマンの傑作。（乾　緑郎）
し-3-15